侯文詠

大醫院小醫師

A Young Doctor
in The Big Hospital

序

《大醫院小醫師》寫的是我實習醫師時代的故事。寫的時候我已經是住院醫師，每天的生活和忙碌、死亡、病痛是難分難捨的。對照真實生活，書裡反倒一派的快樂、積極與有趣。一九九二年第一版的《大醫院小醫師》並沒有序，過了很久，我自己想，當時我其實是很矛盾的，一方面，我覺得自己在醫療上能做的那麼渺小有限，可是另一方面又覺得應該有種和病痛、死亡抗衡的歡喜和精神……就這樣跌跌撞撞寫完了《大醫院小醫師》。現在想想，或許那個無法言說的「無序」狀態，可能正是我當時內在的真實。

《大醫院小醫師》一九九二年出版的時候就很受讀者寵愛，二〇〇〇年王小棣導演把它拍成了公共電視二十集的連續劇，一樣也受到歡迎和好評。當時許多新秀演員，像是竇志孔、藍正龍……現在都成了新生代的大明星。幾年來，不斷有看了書的讀者寫信告訴我立志要考醫學院，有看了連續劇的實習醫師決定將來到醫療偏遠地區服務，也有在醫院住院的病人被實習醫師扎破血管之後，笑著說：「你不要緊張，沒關係，我在電視看過，你們實習醫師都會這樣。」

隨著時間過往，許多經驗都讓我發現，當時所有矛盾的心情其實是有道理的。做為一個實習醫師，我所做的事情的確渺小又微不足道。可是透過故事，產生了一種我們彼此能夠信任、感動的情感，年輕、善良、積極又充滿了想望。是那種情感，感動了讀者，也是那種被讀者再度確認的情感和更多後續的作為，感動了我，讓我相信，生命中更龐大而珍貴的事物可以因此成形。

於是，當二〇〇六年《大醫院小醫師》重新改版時，出版社問我這次要不要寫一個新序，我心裡就想，也該是時候了。嚴格說起來，並沒有新序，它只是拖欠了十五年才寫好。

本序寫於二〇〇六年《大醫院小醫師》【全新版】

CONTENTS

PMPMP 症候群

在我還是實習醫生的時候，我們在外科實習最主要的工作就是手術上幫忙拉鉤，開完刀之後把切下來的標本泡上福馬林，送病理科。然後就是寫病歷，打檢驗單、借X光片、打點滴之類打雜的事。我在外科已經一個禮拜了，不知道為什麼仍然常挨主治醫師罵。我為此感到非常困擾，決定好好地和我的住院醫師談一談。

「我覺得自己很認真，可是仍然挨罵，我不知道哪裡出了問題？」我抱怨。

「嗯，你是做得不錯。不過有樣事情你沒學好。」

「有樣事情沒學好？」我可緊張了，「什麼事，請告訴我。」

「你真的想學？」

「請你告訴我，我一定努力去學習。」我很嚴肅地表示。

「PMPMP，就這麼簡單。」他輕鬆地表示。

「PMPMP？」

「你知道MP是什麼的縮寫？」他問。

「憲兵。Military Police。」我得意地大叫。

「天哪，難怪你不會成功。」他用一種看笨蛋的表情看我，「提示你一下，MP是馬屁。那你說PMP是什麼意思？」

我的反應很快，「拍馬屁，對不對？」

「嗯，很好，那MPMP是什麼意思？」他再追問。

我抓了抓頭，這也不見得能難得倒我。「有了，猛拍馬屁。對不對？」

這位前輩一副孺子可教的神態，不斷點頭。他接著又問：

「ＰＭＰＭＰ呢？」

這回我真的被難倒了。

「拚命拍馬屁。」懂了嗎？他用眼神問我，「花花轎子人抬人，這是最高的指導原則，請多多體會。」

他一說完，我馬上懂了。「哎呀，聞君一席話，勝讀十年書，真是醍醐灌頂，茅塞為之頓開。」

「嗯，很好。」他可開心了。我也很開心，我學得很快，馬屁拍個正著。

我對我新學會的本事感到十分得意，迫不及待想試試它的功能。

隔天一大早，我守在手術房門口，等著對才晉升副教授不久的主治醫師ＰＭＰＭＰ一下。

果然不久，他走過來了。我趕緊跑去鞠躬，大喊：

「教授早！」我故意把副刪掉，把教授喊得好大聲。

「王醫師就王醫師，不要亂叫。」總住院醫師疾言厲色地糾正我，「Intern（實習醫生），不好好用功，花招那麼多做什麼？」

我嚇了一跳，我錯了，原來ＰＭＰ是不應該的行為。

我還愣著時，總住院醫師已經轉身過去，咧著一張笑臉，很嚴肅地說：「教授做事一向實實在在，最討厭人家拍馬屁。」

我看教授臉上有了笑容，知道我又錯了。原來ＰＭＰ是不應該的行為，不應該拍得那麼淺。

看來我只好再回去尋找我的啟蒙恩師。

「啊，你犯了大忌。記住，切莫在非實質的名分上作文章，中國人最忌諱。」

「那拍什麼呢？」

「找個實質的東西啊！」他一副不解的樣子，沒見過這麼笨的人，「好比說，皇上放了一個屁，有人就作詩了。說是金臀高竦，宣弘寶氣，依稀乎如絲竹之聲，彷彿乎如麝蘭之香，臣之下風，不勝馨香之至。」

「屁算什麼實質的東西？」

「好歹真的有這回事啊。」

「那我稱讚王醫師人稱一流，刀法一流。」

「不行不行，你這樣幹又錯了。」

「又錯了？」我眼睛睜亮了。

「文官本來就會寫文章，稱讚他寫得一手好字不稀奇。武官本來就會打仗，稱讚他也沒用。所以稱讚文官要說他是文武雙全，稱讚武官說是儒將。稱讚漂亮的女孩子不說漂亮，要說什麼呢？」他反問我。

「要說她有內涵！」我的腦海又亮起了一盞燈。我從來沒想過在這個領域竟也有這麼有創意的東西。

「你又開竅了。」他用力拍我的腦袋，以示鼓勵。

我相信我在ＰＭＰＭＰ的實力一定有了相當程度的長進。過了不久，我不但很少挨罵，我的主治醫師也記得住我的名字了，我不再是只是沒有名字的 Intern doc（實習醫生）。那幾個字唸得快一點聽起來像是 Intern dog（實習狗）。

「侯醫師。」

「有！」聞主治醫師叫喚，立刻立正答應。

「過來站在這邊。」通常他會留下手術檯最好的位置讓我拉鉤兼觀戰。

「漂亮！」第一刀輕輕劃下，切開表皮，微微的血立刻滲透出來。一堆大小醫生很識相地嘖嘖稱好。一時之間，開刀房像養了一群小雞。

「你嘴巴在嘖嘖什麼？」主治醫師考我了。

「教授這刀開得漂亮。」

「才劃第一刀漂什麼漂亮？」

「好的手術光看第一刀就覺得完全不一樣。」我對答如流。

他用異樣的眼光看了我一會，喃喃地說：

「這位 Intern doc 倒滿適合走外科。」

「我自從在學校上過教授的課以後，就對外科發生了極大的興趣。」窮追不捨。

「你上過我的課？」主治醫師可有興致了。

「豈只上過，簡直是印象深刻。」文官愛騎馬射箭，武官愛舞文弄墨，美女還得有內涵，「教授上課幽默風趣，大家差點沒笑死了。」

「同學覺得我幽默風趣嗎？」顯然拍上手了。

「那年我們票選年度最佳個人魅力的老師，你是第一名，遙遙領先第二名二十多票。」

「第二名是誰？」他好奇地問。

「就是我們外科吳醫師。」正好是他的死對頭。

「他也有第二名？」王醫師冷冷地表示。

不過我知道他可樂了。一會兒他邊開刀邊唱歌，一會兒他叫手術房護士小姐遞一條無菌中單上來。

「我這個人就是這樣，隨時不忘教學，」胸腔鋸開了，他用刀片沾著血，在中單上畫解剖圖，像一張血書，「你看，這是肺動脈，這是主動脈，你可以看得一清二楚……」

我打了一個冷顫，有點受寵若驚了……

我有時候不免懷疑。可是每當我覺得軟弱時，便有一些力量支持我，要我不斷地向前走。有一天早晨我們醒來，打開醫院電腦，原來的標準畫面竟然不見。變成了：親愛的院長，我們祝您生日快樂。天啊，趕快換下一個畫面，還是福如東海，壽比南山。再下一張，仍是夢魘，政躬康泰，心想事成。我以為我弄錯了，關機重新再來，揮之不去的仍是那樣的PMPMP畫面。

我想PMPMP已經快要變成一種全面性的全民運動了。還有一次，我看見警衛匆匆忙忙把走廊所有的人趕走。不久，空蕩蕩的走廊布滿了憲兵。然後所有醫院的要員都集合了，在走廊上分列成兩排。等真正的VIP浩浩蕩蕩走來時，所有的人都鞠躬彎腰成標準的九十度，好像電影末代皇帝的人換了西裝，活生生從銀幕跳了出來……

我找到了我最先的啟蒙老師，把我的問題再向他訴說。

「沒想到你進步這麼快，這是最後也是最重要的重點了，」他把雙手攤開，好像《現代啟示錄》的馬龍．白蘭度一樣，「等到說完這個故事，我就沒有什麼好再教你了。」

故事你也許聽過了。有一個外科主治醫師開完刀已經是晚上了，他開得頭昏眼花，看到月亮眼睛張不開，他說：

「這太陽好大。」

「那是月亮，不是太陽。」實習醫生覺得奇怪。

「實習醫生懂什麼呢？」住院醫師表示，「這太陽好大。」

資深醫師拿出手帕來擦汗。

總住院醫師早把傘撐了起來，「這天氣熱，別曬到太陽。」

故事講完了。我的啟蒙恩師看著我：

「對你有什麼啟示嗎？」

我想了半天，又走來走去，終於想通了。

「全心全意，一心一德，貫徹始終。」

「對了，PMPMP的境界要到了自己都相信，自己都感動才行。」

我想，我終於把學分都修完了。我的外科實習分數極高。我離開外科部門之前，我的主治醫師親自把他打的成績給我看。

「我很少打成績給這麼高，不過我很喜歡你。」他親切地告訴我。

「跟老師一起工作對我如沐春風……」其實這話也不全然誇張。

他笑了笑，不再說什麼。就在我走出辦公室之前，他忽然把我叫住，問我：

「你知道什麼是PMPMP嗎？」

我嚇了一跳，不過卻很樂於回答這個問題。

「拚命拍馬屁。」

「你知道了！」他瞇著眼睛，若有所思地說：「不過不要老是那樣做。」

在我們醫學界，官階是每一年升階一次。距離我的實習生涯已經過了好多個一年。我發現已經有人開始用同樣的招式對付我了。

這種感覺很不舒服。我常想起那天我的主治醫師告訴我不要老是那樣做那種智者的神態。我一直壓抑著自己，不敢說出那句智者說的話，怕傷了別人的心。可是當我終於忍受不了，大聲呼喊：

「不要老是那樣做！」

更多關於正直、踏實之類的ＰＭＰＭＰ立刻像餓虎撲羊一樣湧上來。

我想我是有一點活該。

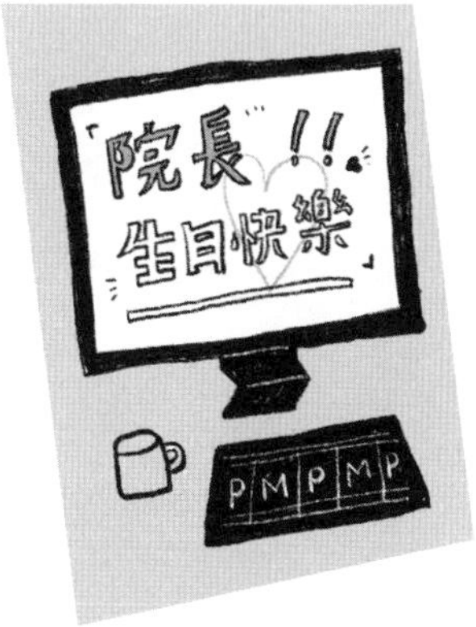

官方說法

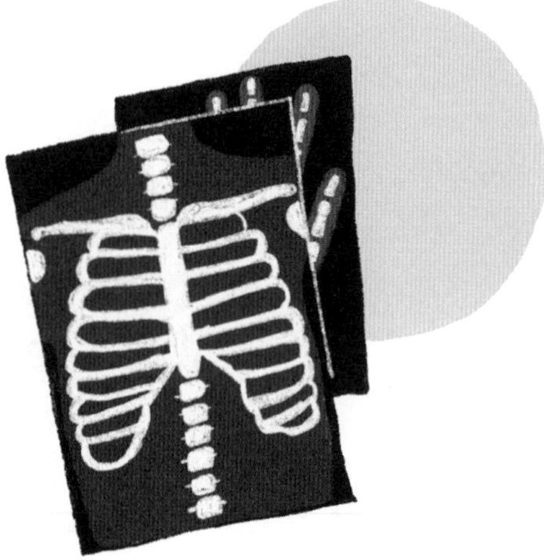

好了，我站在放射線科的斷層攝影掃描資料室前面，果然被罵得狗血淋頭。

「你們這些實習醫師，借了片子從來沒有好好歸還過，」放射線科的醫師瞪大了眼睛，「這些片子一張要上萬元，你們賠得起嗎？」

「不是我要借的，」我必須鄭重聲明，「是我們外科的主治醫師要借的，這個病人明天要開刀了，總要先看過 X 光片才能開刀吧！」

「報告不是早發過去了嗎？英文

字應該看得懂吧？上面寫得清清楚楚。」

「可是我們的主治醫師還是想自己看片子。」我再度申辯。

放射線科醫師把他的片子掛到片架上去，我想我一定把他惹火了，他的X光不斷掉到地上去，不久他轉過身來，露出猙獰的面孔：

「你們外科自己看片子會看得比我們好嗎？」

「可……是……我們外科趙……醫師……」我必須承認我有點支支吾吾。

有個穿白色長袍，年紀較老，顯然是官階較高的醫師走進來，他一聽到外科趙醫師立刻回過頭來，大聲地說：

「你們趙醫師什麼混蛋東西，他哪次借了片子還回來過？現在我們已經把他列為拒絕往來戶，你別想從這裡借出任何一張片子。」

「可是我們趙醫師很忙。」看來情勢不太妙。

不提還好，一提他簡直發瘋了，激動地大罵：

「你叫他要看自己來這裡看。除非我死了，這些片子別想離開資料室一步……」

你可以想像我逃離放射線科時那種驚慌失措的模樣。倒不是擔心挨罵，而是那個 X 光科醫師實在是太老了。上回有個實習醫師和心臟內科的醫師吵架，後來內科醫師發作心肌梗塞，那個實習醫師的內科成績也完蛋了。

走在回外科辦公室的路上，我開始有些擔心。明天病人就要開刀了，我還借不到 X 光片。這已經是我在外科第三次辦事不力的紀錄了。第一次當我千辛萬苦追到病人檢驗的數據結果時，病人已經死掉了。這筆費用就算到我的頭上。第二次我送丟了一份肝臟切片。我翻遍了垃圾桶，以及所有看起來可疑的貓，仍沒有找到，外科諸位醫師大爺們決定再有一次類似的失誤，就要割我的肝臟來賠償……

我該怎麼辦呢？老實說我有點後悔了。到底是誰當初慫恿我來學這門行業？我該棄醫逃亡？或者乾脆裝病，當場從醫師降為病人？（有個實習醫師生了一個不會死的病，請假一個月，我們都像黃春明〈蘋果的滋味〉那篇小說一樣，羨慕死了那個被美軍撞斷腿的幸運兒……）就在幾乎走投無路的情況下，我在急診室看見兩個醫師在吵架。兩個穿白袍的人吵架畢竟是件有趣的事。我看了一會兒，想起我的不幸遭遇，突然靈機一動：

「咦，我可以慫恿X光科和外科吵架呀，民族意識很快就會沖昏了所有人的頭，這樣就不會有人有工夫理會我是不是辦事不力……」

為了維護我自身的生存，我像個令人厭惡的小人一樣，鼓起如簧之舌，極力地挑撥外科與X光科的仇恨。

「豈有此理。」趙醫師咬牙切齒地表示。

「他說外科不會看片子，要我們看報告就好，」我的挑撥有一點效果了，我心中竊喜，再接再厲，「他說你根本是個不講信用的人，他把你列入拒絕往來戶，又說……」

「又說什麼？」問話的是總醫師。

所有的醫師穿著白袍，不管是長是短，都架式十足地站著。只有趙醫師坐在那張舒適的大辦公椅上，不穿制服，也不別名牌，他那張撲克臉就是最好的名牌。他一邊聽，一邊歇斯底里地摸著自己的髮鬢。他的頭髮抹得烏黑亮麗，不分線齊往後梳。儘管他盡力裝出優雅的氣質，可是我仍不免想起紐約幫派的教父或者是勞勃狄尼洛。

「我不敢說。」奴才不敢說，為了加重效果，連續劇裡的弄臣、太監，每次要進讒言時都是這麼開場白的。

「你說。」趙醫師狠狠地拍了一下桌子。

「他還說趙醫師是什麼混蛋東西。」我故意把混蛋東西讀得字正腔圓。

一直沉默不說話的趙醫師終於站了起來，我甚至是有點期待，我的激將法似乎有很好的效果……

「這個死老頭，下次讓我遇見，我一定扭斷他的脖子。」他抓起我的衣領，眼看就要開始扭我的脖子。

「趙醫師，我……我……是實習醫師，不是X光科……」

「你知道當疾病躲在人體內，大家診斷不出來時，我們外科怎麼辦嗎？」趙醫師問。

我緊張地搖頭。

「我們直接把肚子挖開。」

「什麼？」我有點丈二金剛，摸不著腦袋。

「上個月的實習醫師都可以借得到，」他一手在我的肚子上比劃，「我不管那是什麼手段，為──什──麼──你──借──不──到？」

他話才說完，立刻又變成了一個優雅的人，踩著堅定的步伐，走了出去。

其他的人都看著我這個可憐蟲，好像看到一隻狗掉到水裡去了，不曉得該覺得同情，還是好笑。

總醫師過來摸摸我的頭。我笑了笑，彷彿感覺到那隻狗勉強地爬上了水溝。

他又拍拍我的臉頰，冷冷地說：

「明天早上如果還借不到 X 光片，連同上次肝臟切片，我都會一起要回來，你信不信？」

我乖乖地點點頭。原來我錯了。我看到那隻小狗被踢了一腳，又噗通一聲，掉到水裡去了。

「你可以去找 Miss 吳。」我找到上個月的實習醫師時，他正很正經地把一堆糞便分到玻璃切片上，滴上固定液，放在顯微鏡下面認真地找來找去，偶爾才抬起頭來告訴我，「她是全醫院最後一個不用電腦管檔案的小姐。」

「求求你快告訴我，我只剩下不到十二個小時了。」

「找到了，」他興奮地像是快跳起來的模樣，「你快看，是菲律賓鞭蟲蟲卵，下個月你來這裡，就會為這幾個蛋人仰馬翻。」

我看了看顯微鏡，果然有一個長得像啤酒桶的蟲蛋。

「可是你還沒有告訴我怎麼辦？」

「這該怎麼說呢？」他做了一個深呼吸，對我打量了一下，「我想你應該沒什麼問題，你長得這麼醜。」

「我不該放你進來，知道嗎？只有辦事人員才能進來，所以你進了一個不該進的地方，你知道嗎？」Miss 吳很嚴肅地警告我。

我點點頭，表示我也是一個 understanding 的人。這之前，我已經磨菇了一個多小時，才得到這樣的殊榮。檔案室內充滿了溴化物的氣味，X光片架從地面延伸到天花板上去，隔出一道一道窄窄的走道。踩著兩排片架，可以爬上爬下，找尋較高的檔案。

「所以我說你們這些實習醫師是候鳥，飛來飛去，根本不負什麼責任的，你說是不是？」她在片架上下爬來爬去，像隻蜘蛛，「你們畢業了，拍拍屁股，去當兵。以前我有個同事，想不開，就打氯化鉀。」

「妳看我長這副德行，飛得起來嗎？」我恍然大悟，上個月實習醫師的話，「再說，如果今天下班前我沒有借到X光片的話，搞不好明天我就打氯化鉀了。」

「你倒還好，我最恨那種長得白白細細，自以為斯文的男孩子。」她朝我打量了一下，終於提起正題了，「白天普通照相，X光片在一樓。五點以後才會統一收起來。急照的話就在二樓，一天收集二次，因為醫師必須馬上打報告，打完報告之後你們才借得到。之後的流程就不一定，如果是住院的病人送到這裡來。如果是出院的病人，一個月內，會轉往病歷資料室。如果是門診病人，就轉往門診資料室。萬一病人死了，就送到死亡資料室。如果是死亡超過五年，就送往焚化室……」

「可是依照規定，我們只要到資料室借就可以了。」不用說我是聽得頭昏腦脹。

「那你為什麼借不到？」

「因為他們說片子遺失太多，我們的信用不好，不肯借給我們。」

「為什麼片子遺失太多？」她再追問。

我想了想，「啊！在流程中被偷了。」

「很好，」她有點笑容了，「那為什麼要偷片子？」

「因為借不到。」我這回真正悟道了，我們相視而笑。

「我可沒說什麼，都是你自己想的。」她又看了看我，「像你這麼呆，我想到我的另一個同事，她是喝通樂，結果沒死，把食道燒傷了……」

在下班前，我至少聽了十幾個負心醫師的故事。有時候我覺得非常恍惚，在這棟大樓外面正有許多病人隨時會死去，我還有許多檢驗報告有待追查，況且明天病人要開刀了，我們一整個下午的主題竟是男人如何對不起女人。雖然我也有許多負心女人的故事，可是我不能說……

「你知道這樣是不對的，是不是？我們不應該做不對的事，對不對？」

終於她在下班前找到那張令我神魂顛倒的 X 光片，對我說，「我不應該私自借給你的。」

「妳沒有借給我，妳是保管 X 光片的人，妳只是把片子暫時放在我這裡保管。」

「那你就是我的片架子囉！」她有點得意了，「告訴我你的名字。」

「侯——文——詠。」

「再說你的名字一遍。」

「為什麼？」

「我要把你的名字記起來，如果到了後天你沒有把 X 光片拿回來，今後十年，每個月來這裡的實習醫師都會聽我說起你的名字和你背叛我的事。」

我開始變成他們口中所謂比較上軌道的實習醫師。偶爾在半路偷一些X光片回來，省去許多借的麻煩。偶爾到檔案室和Miss吳閒扯。如果能夠很快借到X光片，省去許多工作壓力，我發現閒扯也不是什麼壞事。當然我也罵罵X光科的醫師們，每次一罵，外科趙醫師總是顯得很激動：

「下回遇見，我一定要把他擰成檸檬汁……」連帶手勢，還有動作，看來真是嚇人。

有一天，我們外科迴診，一群人浩浩蕩蕩從這個病房走到那個病房。我緊緊張張地抱著一大疊病歷跟在後頭。走在走廊上，遠遠看到了X光科一群人，我一眼就認出了X光科那個老頭。我慌忙跑到前頭去，指著他告訴趙醫師。

「我知道。」趙醫師胸有成竹地點了點頭。

果然沒錯，他們朝著這個方向走過來。隨著趙醫師愈走愈近，我的心臟怦怦怦快跳了出來。啊！一場世紀大對決。

眼看愈來愈近，愈來愈近——

「趙醫師。」是那個老頭子先叫了出來，還帶著笑容。

「郝醫師！好久不見。」趙醫師迎了上去，兩人竟然開始握手，「上次討論會，承蒙你的幫忙。」

他要扭斷你的脖子！我差點要叫了出來，可是有人摀住了我的嘴巴。我把病歷掉了滿地都是，兩手交扭，比著擠檸檬汁的動作，可是立刻有人抓住了我的手……

「哪裡，哪裡，你客氣。」郝醫師笑得眼睛都快看不到了。

「以後還要請郝醫師多多幫忙，」趙醫師一直點頭鞠躬，虛偽得叫人無法置信，「實習醫師有不懂的地方還請多多教他們，不要見怪……」

「哇——」我終於掙脫約束，叫了出來，可是我立刻看到了趙醫師兇狠銳利的眼神。

「把地上的病歷撿起來，毛毛躁躁像什麼話呢？」

Miss 吳說得沒錯，實習醫師是候鳥，飛來飛去。過了不久，我換到另一科，成天和糞便廝殺時，忽然有點理解當初那個傢伙找到啤酒桶似的蟲蛋那種感激涕零的表情了。那時候，我差不多已經把這整件事忘得一乾二淨了，有個實習醫師愁眉苦臉跑來找我。

「我是這個月的外科實習醫師。」

我抬起頭，看到他，白白細細，很帥的一個男孩子。不知道為什麼，我可有一種惡作劇的快感了。

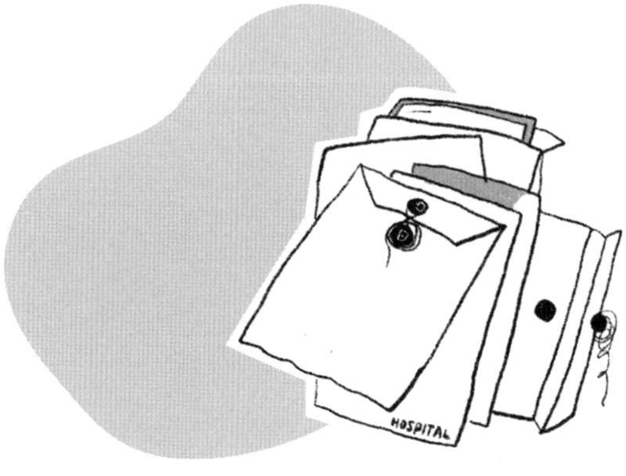

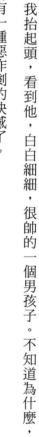

忙與盲

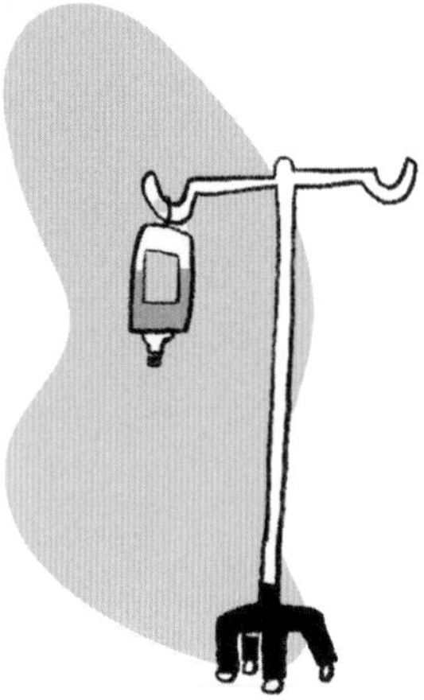

AM7：00

「我不要給實習醫師換藥！」清晨七點鐘，我的病人在病房裡面大吵大鬧。

「我雖然是實習醫師，可是好歹也在醫學院受了七年訓練，替你的傷口換藥我想綽綽有餘。」我可不高興了。

「我不要做實驗動物。」他振振有詞地叫著。

「這裡是教學醫院，換藥依法就是實習醫師的工作。這不是實驗，你也不是實驗動物，再說我還有許多工作。我們不要浪費時間，好嗎？」

「我有權利要求高品質的醫療服務。」

「好，不換就不換，我可是警告你，現在不換，等一下大家上手術檯了，你就找不到人幫你換藥了。」

這話雖然帶著威脅性，不過倒也是千真萬確。我看了看錶，差不多七點十五分我們的主治醫師就要來迴診了。從早上六點到現在，抽血、打點滴、換藥，我手上有十五個病人，還有三個病人沒有處理完畢。也許是沒吃早餐的緣故，我現在肚子咕咕地叫，全身無力。不過我沒有時間去想我的肚子，七點三十五分我們的晨會準時在會議室開始。我手上有兩個新病人，一個出院病人，還有一個昨天死亡的病人要報告。昨天晚上我們一組人急救到清晨四點多鐘，終於宣告死亡。開完死亡證明，我在護理站趴了一個多小時，現在還昏昏沉沉。等一下我一定得花五分鐘把所有的資料再看一遍，免得一會兒當著外科主任還有所有的人面前胡說八道……

我推著換藥車，拚死命地替開完刀的病人傷口換藥。時間過得很快，等我聽到前面幾個病房傳來我的主治醫師大嚷大叫的聲音時，已經七點十六分了。

「你們統統死光了是不是，為什麼病人死了，我是最後一個知道的人？」

一聽到聲音，我放下換藥車，飛也似地衝向護理站，一手抱住十五本病歷，踉踉蹌蹌地緊追過去。

「我們想這麼晚了，教授你一定睡著了。況且是末期病人，這個情況家屬也明白。」

情況不妙，總醫師、住院醫師以下都低著頭，看來氣氛十分低迷。一個美麗的早晨，可是卻是一個很爛的開始。

「你們跟我這麼久了，唉，」教授嘆了一口氣，然後以極大的聲音叫嚷：「難道我讓你們覺得我是這種人嗎？為了睡覺可以不顧病人死活嗎？」

教授接過我手上的病歷，邊翻邊嘆氣。

「病人家屬都還沒到，就宣布死亡，這又怎麼說？」教授又問。

「出血實在太快了，我們來不及……」總醫師吞吞吐吐地說。

「出血太快？死老百姓。這像是醫生說的話嗎？」唰的一聲，那本病歷被教授丟得好遠，「那你為什麼不會去走廊上大喊救命呢？虧你人長那麼高，神經線太長，傳導比別人久，反應也比別人慢。」

我聽了差點沒笑出來。有人瞪了我一眼，我連忙低下頭，乖乖地去把病歷撿回來。我們一路迴診過去，教授一邊指示，一邊罵人，一邊丟病歷。我撿回來一本，換給他另一本，他再丟出去，他很生氣。我也一直配合得很好。

等到我們迴診到我那個不合作的高品質病人時，教授的臉色變了。我的臉色也變了。

「病人不願意給實習醫師換藥。」我戰戰兢兢地表示。

「你們到底是來幫我解決問題，還是來幫我製造問題的？不——要——用——這——種——問——題——煩——我——」我幾乎看到煙從他的頭上冒出來，他看了看錶，「等一下開完會我準時八點鐘進開刀房，我們今天病人很多。誰要自認比我還大牌，就比我晚到沒有關係。」

七點四十五分，當我正在會議室報告著昨日的死亡病歷，入出院病歷時，我想起早上迴診時教授的新指示。在八點以前我必須連絡兩床病人的電腦斷層攝影，一床病人的四管血液細菌檢查，還有兩個沒換完的藥。

七點五十二分，我從會議室走出來。

「哎呀！」我忽然大叫起來，我想起一會兒要開刀的病人，他的X光片還在 X 光科。

我急急忙忙奔出病房。我看到清晨的陽光。不曉得為什麼感到一陣昏眩。

AM9：45

我抱著必死的決心到開刀房時，已經八點十五分了。

「別以為你在這科只有一個月，現在你還有兩個禮拜。你再給我惹任何麻煩害我挨罵的話，我絕對有辦法叫你往後兩個禮拜很難過的。我是全心全意，說到做到的，你相不相信？」總醫師開始訓話了。

「我相信。」我可憐地點點頭。

「你少給我裝出那副倒楣相，我告訴你，我挨罵就是你們的責任。你們再有任何差錯，害我挨罵，你們絕對會更難過的，知道嗎？」

每個人都乖乖地點頭。訓示完畢之後，我發現教授還沒有來。不幸中之大幸。一直到現在，我們唯一能做的事就是傻傻地等待。

我仍然沒有機會吃早餐。我的頭痛有愈來愈加劇的現象，此外我發現我的喉嚨疼痛，一直流鼻涕，全身愈來愈虛弱。我開始懷疑自己是不是生病了。

比這個更糟糕的是我的呼叫器不停地響著，每次我去回電話，便有一堆雜七雜八的事有待我去處理。

「X光科的醫師說你的電腦斷層申請單有問題，要你去處理一下，否則病人今天沒辦法排照相，那明天就別想開刀了。」

「第八床的病人早上雖然換過藥，但是現在傷口還在滲血，你一定要去看看，否則家屬說要告到院長室了。」

「第九床的病人早上打好的點滴早上送去照相時不小心扯掉了，你要回來打，要不然中午的抗生素、消炎藥、止痛藥我們都沒辦法打。」

「等——我——下——刀——再——處——理……」我發現我學會了吼叫。

「好吧，」電話那頭護士小姐嘆了一口氣，「可是這個你不能不處理，有個病人從昨天到現在還沒有換藥。」

又是他！天啊，我快瘋掉了。

「拜託妳，隨便找個實習醫師幫他換藥，就說是我拜託的。」

「可是他拒絕實習醫師替他換藥。」

「那請那位實習醫師仿冒一下，自稱是住院醫師。」

唉——

時間一分一秒地過去。病人已經麻醉好了，也消毒好了。我看看今天的手術時間表，一共排了三檯食道癌手術。食道手術可以說是這個領域中最艱鉅的手術。先要把癌症的部分切除下來，這個部分已經夠麻煩了。再來是重建的工作。我們必須從大腸的部分移植一段來作為食道的代替物。這部分一共有兩個接合點，每個接合都需好幾層的縫合，另外原來大腸的部位也有一個接合處有待縫合。這麼一針一線，最快的速度也要六個小時。如果手術不順利，那又另當別論了。

現在已經接近十點鐘，每檯最快六個小時，三檯手術起碼也要十八個小時，那麼就是明天清晨四點鐘。

「根本是不可能嘛！」我嘆了一口氣。

「外科就是要在不可能中完成可能的事。」看總醫師一本正經的樣子，我只好安靜下來。

十點二十分，教授來了，應該是八點鐘才對？可是沒有人敢質疑教授。

「不好意思，來晚了。」教授看看開刀房的時鐘，「喲，都已經十點二十分了。」

「那鐘不準，快了。」我看到總醫師滿臉笑容，像隻快樂地搖著尾巴的狗。

一刷好手，上手術檯，教授就開始抱怨餐廳的牛排變差了。

「像我面臨這麼大的工作壓力，每天早餐一定要吃牛排才能上開刀房，否則長期下來一定會胃潰瘍。所以你們每個人一定要吃早餐。實習醫師，早餐吃了嗎？」

「吃了。」我點點頭。我想起總醫師的訓示。不敢再給他惹麻煩，讓教授生氣。事實上，我的胃部已經開始陣痛。此外我的鼻涕愈流愈嚴重，有一發不可收拾的態勢。

「到底有沒有開冷氣？」教授頭上都是汗，「流動小姐，找一張衛生紙，幫我擦汗。」

通常一上手術檯無菌區，開刀者無法自己擦汗，必須請沒有刷手的人代勞。不過一般這是教授們，或者是第一開刀助手才享有的特殊待遇。

然而我實在忍不住了。「可不可以也給我一張衛生紙？」我大膽地問。

「實習醫師又沒流汗！」護士小姐白了我一眼。

「我要擤鼻涕。」

PM14：20

手術還在持續進行，我一共花了六分鐘打發我的午餐。我想我得利用這段空檔到病房跑一趟。要處理的問題實在太多了。我簡單地列了一張表，依事情的輕重緩急次序洋洋灑灑一共有二十一件。此外我可以在病房給自己量個體溫，找一些藥撐一撐。

我一到病房立刻就後悔了。我發現我是自投羅網。原先的二十一件事，一下子膨脹成三、四十件。

「侯醫師，我告訴你，你完蛋了。你今天有兩個新病人住院，都是明天要開刀，所有的檢驗都還沒有出來，你自己要去追。」

「侯醫師，點滴，快點。現在一共有三床病人需要重新裝設點滴。還有二床血液檢查標本被退回來，你正好拍血。」

「不要吵，」我快瘋掉了，「一件一件來……」

我聽到從病房傳來大吵大鬧的聲音。

「你那個病人，」有個護士從那頭跑過來，附在我的耳邊說，「早上到現在還沒有換藥，他說要去告你。」

我氣得猛拍桌面，手直發抖，鼻涕差點流了出來。

大家可能被我的表情嚇壞了。「早上我們有請另一位實習醫師去看他，可是他堅持要住院醫師，還說我們試圖欺騙他。」

我戴上手套，推著換藥車，二話不說，直奔病房。

「好了，到底你想怎麼樣？」我問他。

「你們叫了一個實習醫師來，我一看就知道。還騙我是正式的醫師，你們這樣的行為是無恥的。」

「好，隨便你怎麼說。現在開刀房有三個病人正在開刀，所有的人都在忙。我是你唯一的選擇，我再給你一次機會。我也很忙。」我忍氣吞聲。

「你們整天不見一個人影，都說很忙，我怎麼知道你們在忙什麼？」

「你真的想知道我在忙什麼？」我可激動了，「我在這裡上班，一個月三十天，值班十八天，還不包括星期二晚上總醫師迴診，星期五晚上主任迴診。哪一天我不是睡在病房？哪一天回到家不是晚上十二點以後？」

「那你們都沒有假日？」

「哪一個假日一大早我不是換完所有病人的藥，等主治醫師迴診，做完指示的檢驗才走？回到家已經是下午了。三個禮拜我才有一個禮拜天下午的休假，難道那也錯了嗎？」我發現我竟然對著病人抱怨，趕緊停止，「你到底換不換藥？我也是為你好。醫院的規定如此，況且我換藥的病人傷口都癒合得很好。」

他顯然猶豫了一下。我聽見全院廣播，開刀房急著找我的聲音。

「我還是覺得不好。」他慢條斯理地表示。

「好吧，你自己再想想看。」

我走回護理站，隨手抓了一把藥，還塞了一支丟棄式的體溫計在嘴裡。急急忙忙奔回開刀房。

「侯醫師，點滴準備好了，還沒有打。」有人在我身後喊著。

我頭回都不回。一邊掏出我抓的藥。有消炎藥片、止痛藥片、利尿劑，愈來愈離譜了，我竟還抓了一把避孕藥。我把體溫計從嘴裡拿出來，三十八度半。

我果真病了。

PM18：30

到處都是一片混亂。

手術檯上血流一片。教授大叫著抽吸器沒有功能。教授從早上到現在一直都沒有下去吃飯。他的樣子很可怕，有點像快發狂的感覺。我們都勸他暫時下去吃個簡單的晚餐，他執意不肯。

「今天晚上我請你們吃消夜。無論多晚我們一定要把刀開完。我請你們去吃日本料理，喝個醉茫茫。」

開刀房外面總醫師正和麻醉醫師爭執不停。

「現在已經是下班時間了，我們僅剩下值班人員。這是用來應付急診手術的人員。你們一下子開三線刀，別人真正有急診刀進不來了。」

「可是我們常規的刀開不完。」總醫師表示。

「你們一天只有八小時的使用時間，排了十八個小時的刀，當然開不完。」

「我們也是為病人好。」

「你們拿急診的人力來上常規的手術，絕對不是為病人好。」麻醉科醫師不以為然，聲音似乎有愈來愈大的傾向。

我自己的狀況也好不到哪裡去。現在我可以明顯感到發燒發涼的感覺。我全身虛脫，鼻涕流滿了面罩。我很擔心一會兒我支撐不住昏倒了，正好是鼻涕和著病人的血水。

更糟糕的是我的呼叫器，叫個不停，彷彿全世界都在通緝我似地。我決心做一隻鴕鳥。隔著無菌衣，把呼叫器電源關掉。

「Shut up!」我在心裡大叫。

PM23：30

我總算看到三床病人統統眼睛睜開，然後和他們的親人抱著痛哭。

對教授而言，這一天已經結束了。他在日本料理店訂好了消夜，再三叮嚀：

「等一下所有的人都要到齊，包括實習醫師在內，誰要不到，明天開刀我就不要看到誰。」

我皺了皺眉頭。對我來講，結束只是另一個新的開始。我得看著病人回到病房，找到他們手術後照的 X 光片，確定沒有問題之後，再到日本料理店與他們會合，向教授回報。

午夜十二點，當我趕到日本料理店時，幾乎已經虛脫無力。

「來，實習醫師來了，先喝一罐啤酒再說。」

我的加入似乎又給大家帶來新的樂趣。

「實習醫師敬教授，一杯對五杯。」

酒酣耳熱之際，總醫師跑過來附在我的耳邊說：

「我們大家正合力要把教授灌醉，懂不懂？他不喝醉，沒完沒了。」

我點點頭，他接著又說：

「你是實習醫師，等一下還有工作要做，別忘了自己是誰！」

我很沉痛地再點點頭，聽見我的呼叫器又響了起來。

我跑到公用電話去，投了一塊錢，撥通了電話，遠遠聽見那一群大男人，敲著碗筷，唱起了日本歌，像一群吵鬧嬉戲的孩子似地。

「侯醫師，天啊，我總算找到你了。」電話傳來一個很清脆甜美的聲音，「你有兩個新病人還沒有接，沒有病歷報告，也沒有心電圖，檢驗單還沒有開，明天要開刀了。還有點滴，抽血，換藥，我不再多說了，你等一下回來就知道……」

AM1：30

我的全身都是酒精的氣味，整個人輕飄飄地，我的前額在發熱。路上的風卻吹得我好冷，這種感覺十分奇怪。

一點三十分的夜，我在醫院門口站了一會，希望風吹走一些酒精的氣味。我走回病房，叫醒我的新病人：

「對不起，我是外科醫師，我才從手術檯下來……」

「對不起，我現在要給你抽血……」

許多病人莫名其妙地被我叫醒，抽血，打針，又莫名其妙地睡著了。

兩點三十分，我開始在打字機上打我的新病人病歷，打著打著我趴在桌上睡著了。我不知道睡了多久，有個人拍著我的肩膀：

「侯醫師，侯醫師，你有個病人發燒了。就是今天不肯換藥的那一床病人……」

我惺忪地揉了揉眼睛，全身虛弱無力。我拖著沉重的腳步，抓起兩把丟棄式體溫計。一根塞在病人口裡，一根塞在自己的嘴巴裡。

「醫師，你也發燒啊？」他顯得很無奈。

「噓，不要說話。」

過了不久，我拿出了他的體溫計，也拿出我自己的。

「幾度？」

「三十八度。」我回答他。

「那醫師你幾度？」

我瞄了瞄那體溫計，「三十九度。」

我再看一遍，是三十九度沒錯。

「你就是不肯換藥，才會弄成這樣。」我雙手扠腰，「我現在替你換藥，你還拒絕嗎？」

看他不說話，我去把換藥車嘟嘟嘟地推了過來。很仔細地把紗布打開，都已經有點化膿了。

「痛嗎？痛就告訴我。」

他搖搖頭。咬緊牙根不說話。

我得趕緊找個床躺下來。等我換完藥，推著換藥車準備走出病房時，自己都已經接近半昏迷狀態了。

「侯醫師。」是病人在叫我。我回過頭去看他。

「謝謝你。」他停了一下，那聲音小得快聽不見了，「你自己要保重。」

我看看錶，三點三十分。再溫柔不過的夜色。我走回護理站，發現我的新病歷還沒有打完。等我坐下來，我又發現原來明天晨會輪到我讀書報告了，然後我的書還在宿舍裡面，根本還沒有空去翻開第一頁……

我們都愛這個錯

在我還是個年輕未婚的實習醫師的時代，最不能忍受的就是護士小姐的差別待遇。我們同組實習醫師中有個據說側面酷似亞蘭德倫，身高一百八十公分，帥氣又體貼的醫師，如果你不能接受很多殘酷的事實的話，每次更換病房，到了新的一科時，這位醫師會一再提醒你。

「醫師，你的點滴已經準備好了，要不要我陪你過去打？」如果一早就聽到護士小姐這麼美好悅耳的甜美聲音，我敢保證，這話絕對不是對你講的。

我受到的待遇和大部分已經結婚的歐吉桑實習醫師，或者是身高一百六十公分以下的實習醫師差不多。

「小姐，我的點滴呢？」

「你沒看到我很忙嗎？」然後是一個標準的翻白眼，「自己不會拿嗎？」

根據調查報告，最受女性歡迎的男性特質應該是：一、穩健踏實。二、幽默風趣。三、忠厚老實。我不曉得自己別的特質如何，但是我不說話的時候看起來忠厚老實，那是可以肯定的。可惜類似的事情從來沒有在我身上發生過。一直到現在，我仍然不能明白的事情是，為何那些完全不被看好，甚至是排行榜上敬陪末座的特質，什麼英俊瀟灑、風度翩翩，這類型的男孩子，總有一些花花草草在身旁圍繞？而蝴蝶老是在天上飛來飛去飛不到我們身邊？

1

我們那個時代的實習醫師還有一個苦差事，那就是一群退役的將軍們。他們住在特別的將官病房內。除了輕微的中風外，多半的人都復健得很好，除了每天例行的巡迴，打打招呼，並不需要特殊的照顧。不過有時候為了證實他們的存在，或者是重要性，他們會有一些咳嗽、頭痛、腹瀉的毛病讓我們好忙。這些症狀通常不見得要給藥治療，往往只要一些時間與關心就自動消失了，所以這變成了實習醫師的差事。然而實習醫師實在有永遠忙不完的工作，所謂的「一些時間」往往是一個早上、整個下午那麼可怕的事情，常常一個感冒，最後變成了各種戰役的回憶，北伐、剿匪、抗日……

有一天早上，顧將軍又開始頭痛了。我們從頭痛慢慢質變、量變，過了不久，我發現我正在「台兒莊大捷」中和一分一秒消失的寶貴時間浴血時，我忽然突發奇想，我應該針對他的頭痛問題去找支眼底鏡來看看他的眼底，看看有無視乳突水腫，檢查有沒有腦壓過高的問題。

「檢查腦壓？」將軍顯得有點不可相信的表情。

他的懷疑是正確的。我自己也不相信他的頭痛會和腦壓有任何關係。可是我不得不趕緊從「台兒莊大捷」轉進，並想個辦法解決他頭痛的抱怨。再說，我也難得有使用眼底鏡的機會。

「你會用眼底鏡？」我在護理站嚷著要眼底鏡時，小倩跑過來，瞪著雪亮的眼睛看我。她是個可愛的護士，同時也是個美麗的女人。

她的聲音像在撒嬌。我點點頭。我曾和很多可愛的護士共事過，可是一個美麗的女人用那樣的眼神看我，我還是不太能適應。

「我負責保管眼底鏡，可是一直不曉得怎麼用，從來也沒有人用過，你可不可以教教我？」

「教妳可以，但是妳要怎麼回報我？」我心裡想，很久沒用過了，先找個人來練習也好，免得一會兒在病人面前丟臉。

「求求你啦，」真的撒嬌起來了，哇，十分過癮。「人家請你吃飯，好不好？不過一定要教我看到視乳突才算。」

眼底鏡是很簡單的手持檢查儀器。在末端有一個窺孔。將眼底鏡靠近病人眼睛，窺孔的光源對準瞳孔，細細地投射入眼底。這時醫師貼近窺孔，調整焦距，藉著微細的轉動觀察眼底的情況。通常在眼科檢查，以及腦神經科檢查腦壓變化時會用得上。

「妳必須先把眼底鏡持穩，像這樣。」我們走進護理站裡面的準備室。我要小倩坐好。我找了一把椅子，坐在她的正對面，「好，妳坐穩，不要動，眼睛看著前方，不管發生了什麼事都不要轉動眼睛，我先示範給妳看。」

我傾身向前，貼近小倩。我發現有個嚴重的問題。我的心臟跳動得太厲害，以至於我不能很精確對準瞳孔，我無法控制心臟。我聞到淡淡的香氣，混合著成熟女人的體味。她的胸脯挺拔，在檢查的過程我必須避免不小心碰觸，那是一個不小的麻煩，此外我還可以聽見她呼吸的聲音。

「我坐這樣可以嗎？」我們實在太靠近了，不瞞你說，那口氣吹到了我的臉上。她挺直了胸脯，雖然只是輕輕地碰觸到我的胸膛一下，我卻千軍萬馬地感受到了。

「這樣子輕輕地轉動角度。」我終於找到眼底了，我面對著準備室門口，她背對著門口。我們靠近得不能再靠近，為了觀察眼底的全貌，我以眼底鏡為焦點，輕輕地轉動我的頭，以尋找視乳突的位置。

有件事我們可能都沒預期到。有個護士小姐從準備室門口衝了進來。我相信除了眼底鏡之外，她什麼都看見了。她愣了一下，整個臉都紅了。她想了一下，一句話不說，很聰明地走了。

「找到了，就這麼簡單，」我把眼底鏡交給小倩，「妳來試看看。」

這回輪到小倩傾身向我，頭髮都碰到我的脖子了。我眼睛死死地瞪著門口，好讓她好好地轉動，觀察。我看見門口又走來了另一個好奇的護士，一定是第一個大驚小怪的護士發現之後跑回去叫她來的。她一句話不說，看了看，很識趣地走開了。

等我們走出準備室時，護理站已經都是護士小姐了。每個人都努力裝出沒發生過什麼事的表情，可惜有點生硬。

「謝謝。」小倩對我說。我發現所有人都用艷羨的目光看著我。

2

我拿著眼底鏡走進病房時，將軍正在整理信件。

「將軍，我把眼底鏡拿回來了，現在我們來看看你的頭痛。」

「我的頭痛？」他坐在椅子上，看起來很削瘦，好像完全忘了這回事似地，過了好久，終於想起來，「對，對，我早上是有點頭痛，現在已經好很多了。不過既然你來了，正好來看看。」

他順手給我很多照片。是全家福的那種。

「顧將軍，如果你不願意做眼底鏡檢查的話，我先去做別的事，等一下再回來看你。」我有點害怕，起身準備告辭。

「願意，我願意。」他起身拉住我，雖然行動不太方便，還是頗為敏捷，「你們年輕人就是急。慢慢來嘛，我有話跟你說。」

好了，這是大兒子，在美國紐澤西一家電腦公司擔任高級主管。

「這是他們去年寄來的耶誕卡，」他得意地告訴我，「他們公司都是日本人的股份。所以說現在日本人比美國人還要厲害。可是日本還是敗給我們中國人，可見我們中國是最優秀的民族。」

我只好點點頭。我的經驗是不能爭辯，爭辯只會引來更冗長的浪費時間。這是女兒，在法國巴黎大學教書。小兒子今年在德州大學升了教授。唉，可惜老伴去年走了，她要知道了不曉得會有多高興。

「將軍，我看我給你做個眼底檢查吧。」好不容易等他一一介紹完畢，我趕緊想辦法脫身。

「不急，不急，我有話跟你說。」他拉住我的手，很神秘地從抽屜拿出另一本相簿，「你還沒有成家吧？我看這麼多醫師，你實在是很難得的一個醫師，所以我想替你介紹門親事。」

我翻開相簿，是幾張年輕女孩的照片。也許是相機的緣故，有點模糊，看起來也不怎麼出色。

「這是方將軍的三個千金。方將軍是二級上將，他的三個千金都是研究所畢業，一個學法律，一個學藝術，一個學管理。活潑大方又可愛，你看看有沒有中意的。」他附在我的耳邊放低了音量，「這種親事很多人求都求不來，你們醫院副院長的婚事就是我介紹的，他當初就像你現在這個樣子……」

「好，好，隨便你怎麼安排。」為求脫身，我不得不敷衍兩句，「現在我們來做眼底鏡檢查？」

「這種事怎麼可以隨便？」他把相簿拿回去翻來翻去，「依我看這個學藝術的看起來比較合適，我來安排安排。他們全家下禮拜從美國回來，這樣，就訂下個禮拜三。你先給我一張相片，我請他們看看，下個禮拜三到醫院來。那天你好好打扮打扮，我請吃中飯。」

「下禮拜三？」我吃了一驚，來真的？不管，先推託再說，「可是，我沒有相片可以交。」

「那好辦。」將軍又從抽屜慢條斯理拿出一包東西，拆了半天。

咔嚓！竟是拍立得相機。咔嚓！又拍了一張。將軍露出詭譎的微笑。

3

如果你想以很快的速度傳播一件事情，我建議你可以在護理站或辦公室找到一個人，用別人勉強聽得到的聲音這麼開始：「我告訴你一件事，你不要告訴別人。」這時我保證所有的人都尖起了耳朵，然後你就可以開始傳播你希望大家知道的事項了。如果這件事不應該發生，而卻被發現了，那麼它的傳播速度就會很快達到它的極限。

事實是，我被誤會了。雖然我曾試圖解釋，可是那只會把事情愈描愈黑，並且變成一件公開的事。我很快閉嘴了。此外，我發現誤會並不全然都是壞處，好比說，我現在也開始享受護士小姐準備好了點滴，協助我去打針的特殊待遇。

「小倩的朋友也就是我的朋友。」她們多半義氣十足地做類似表示。如果護理站有一些蛋糕或者是下午茶之類的好事，通常我會是受邀的對象。

「看不出來你是這麼新潮的人嘛！」

當然，少不了一些曖昧的消遣、暗示。有時候也會有人向我講述一些實習醫師的背叛故事，以及他們的下場，好讓我有警惕的作用。

困擾也有。有個實習醫師莫名其妙地跑來問我：「你是怎麼辦到的？」最誇張的一次是一個身高一百八十多公分，帥氣十足的實習醫師跑來看我，他歇斯底里地搖著頭，嚷著：「這太荒謬了，我不相信小倩會做這種抉擇。」

4

「哇！我實在太羨慕你了。」史醫師躺在寢室床上，一邊啃著漢堡，一邊叫了出來。他是我同寢室的室友，也是我們同一屆的實習醫師。雖然體重已經直逼一百大關，仍不停地啃著漢堡。

「可是我也有我的煩惱。」我想我一定過分誇大了我的艷遇，以至於他有不切實際的幻想。我得糾正他，「我不曉得我和小倩到底是怎麼回事？」

「我要是你，我一定不貪戀美色，我寧可要上將的女兒。」

「可是照片上不怎麼樣。」我從床上爬起來，開始做伏地挺身。看到史醫師的身材，總讓我有一種要勤奮的警惕。

「只要是上將的女兒，哪怕她只有一手一腳，我也不怕，」史醫師又咬了一口漢堡，「你想，至少省去十年的奮鬥。」

「你未免太現實了吧，這麼年輕一點理想都沒有。」

「那你就買兩張國家劇院的戲票，約小倩出去看戲，看她肯不肯，不就解決了嗎？」

「後天的相親怎麼辦？」

「我告訴你，你去借套像樣的西裝，買束玫瑰花，高高興興地去就是了。」

「那不是很奇怪嗎？」我很猶豫。

「哎喲，」他比著漢堡告訴我，「漢堡看起來都差不多，你不咬一口，怎麼知道裡面的肉好不好吃呢？」

「我還是覺得怪怪的，不太舒服。」做完伏地挺身，我又翻過來做仰臥起坐，「你會不會覺得我最近變得比較有魅力了？」

「我怎麼會認識這種室友？」他摸摸我的頭，看我有沒有發燒，「天啊！為什麼我都沒有這種煩惱，為什麼痛苦不讓我來承擔呢？」

我想我還是照著史醫師的話去做。我的結論是過去我一直太謙虛了，以至於散發出來一股無法抗拒的魅力，連我自己都不自覺。

5

星期三，中午。我穿著整齊的西裝，帶著玫瑰花在醫院西餐廳等了快半個小時，連個人影都沒有。我想一定發生了什麼事情，我得到病房看看。

「我不要這個看護！」將軍正在大發脾氣，場面一片混亂。

「舅舅，看護不好找，你已經換過了六個看護，再這樣我沒有辦法了。」

「那我不要用這種紙尿褲，我要從前那一種。」

「買不到從前那一種，人家已經不生產了，你還能怎麼辦？真是老頑固。」看護開始抱怨。

「妳罵誰老頑固？」將軍瞪大了眼睛，「妳給我立正站好。」

「我就是罵你，怎麼樣？」看護的聲音更大，「你以為你是誰？叫我立正站好。你以為還在抗戰是不是？」

將軍簡直氣得全身顫抖了。

「舅舅，你再這樣，誰都沒辦法照顧你了。」他回過頭，看到我，無可奈何地對我聳聳肩，彷彿在說，老人家就是這樣，誰也沒辦法。

我把玫瑰花送給將軍，放在他的手上。老實說，我很懷疑他是否認識我是誰？果然一會兒，他就把玫瑰花丟在地上，散得到處都是。

「我不要誰照顧，我自己照顧自己。」

「對不起，」這個外甥連忙向我道歉，「我舅舅從前不是這樣，去年舅媽過世之後他才變成這樣，老是把從前的事跟現在搞混，再不然就是隨便答應人家事情，弄得雞飛狗跳。」

「沒事，沒事。」我蹲下身去撿玫瑰花。整個臉羞得比玫瑰還紅。我想事情已經很明白，不用再多問了。我有點生氣，可是又覺得丟臉，我竟然被自己的病人欺騙了？

我撿好了玫瑰，站在那裡，不知該如何是好。

「你再這樣我叫亦偉他們把你接去美國算了，別在這裡貪圖免費。自己的爸爸自己不看我也沒辦法……」

顧將軍靜靜坐在床前挨罵。我看見他身後掛在牆上那張騎馬校閱部隊的英姿大張黑白照片。歷史與時光是這麼的無情，這時我忽然開始有些同情他了。一個生病的老人，給自己找一些方法抵擋孤寂，似乎也是無可厚非的事……

「我愛中華，我愛中華，文化悠久，物博地大，開國五千年……」外甥仍在數落。將軍忽然唱起軍歌來對付他。

6

我開著汽車準備離開醫院時正好看見小倩站在急診室門口。天空下著雨，小倩顯然沒帶傘。

「上來吧，我載妳到公車站牌那邊。」

收音機流動著美麗的音樂，氣氛很好。史醫師都幫我把戲票買好了。到公車站的距離很短，我應該把握機會，可是我又鼓不起勇氣，也許我只是跟著起鬨。我想起小倩總是甜甜、充滿信任的笑容，除了美麗、性感、可愛之外，我在她身上發現愈來愈多的優點，可是又說不上來那些優點是什麼。

汽車駛出醫院停在紅燈前面。等綠燈亮時，我決定提出我的邀約。我側過頭，發現她也正有話要對我說。

「你先說。」我們同時笑了出來。

「妳先說。」我堅持女士優先。

「這些日子醫院裡有些流言流語，」她停了下，接著又說，「希望你不要介意。」

「我不會介意。」

「我的男朋友現在還在服役，大概年底就會回來。醫院那些話，一定給你帶來很多困擾，我實在覺得不好意思。」

我笑了笑。

「你要跟我說什麼？輪到你說了。」

「我，我，」我有點吞吞吐吐，「我想說的和妳的差不多，也希望妳不要介意。」我想我那兩張戲票大概只好丟到垃圾桶去了。

我在公車站牌讓她下車。她很愉快地跟我說再見。

汽車再往前走，雨下得更大了。我發現雨刷壞了，並且吹出來的冷氣一點都不冷，不久我的汽車裡面就霧濛濛一片了，我幾乎看不見正前方。

我把汽車停下來，果然沒錯，我越過馬路中線，開到迎面的逆向車道去了。迎面的車子都停了下來，對我猛按喇叭。交通警察穿著雨衣過來要我把車子開走時，引擎卻熄火了。無論如何，我只能打開電源，卻無法發動引擎。

「愛你愛我，愛你愛我，我們都愛這個錯……」

收音機傳來一首這樣的歌。我就撐著傘，在大雨中讓穿著雨衣的交通警察對我開罰單。迎面而來的喇叭聲，簡直要把我吞沒掉了。

看到這麼荒謬的一幕，我想起這幾天的事，不曉得為什麼，我總算開始覺得有一點好笑了。

大國手

1

「Rh陰性？」電話那頭血庫的人猶豫了一下，「好，我去找看看，你先不要掛電話。」

清晨八點鐘，美好而寧靜的早晨。我手裡握著聽筒的另一端，聽見傳來〈天鵝湖〉的旋律。

如同往常一樣，急診室亂糟糟地像個應該被取締的菜市場。警察、家屬、交班的護士、醫師、呻吟的病人、工友、開救護車的司機、X光檢驗人員、來會診的大教授，還有消毒水的氣味、血液的氣味，混著吵架的聲音、打公共電話的聲音、器械的金屬聲音，都交織在一起。

「你約我今天來拆石膏的，你還記得嗎？」有個打著石膏的病人，拄著枴杖走過來，滿臉笑意地問我。

「我記得。不過你要稍等一下。」

〈天鵝湖〉的旋律只有一段。又重複了一遍。我聽見救護車蜂鳴器的聲音。一部救護車衝了進來，停在急診室門口。通常那表示又有一個大case要進來，不是內科，外科，就是骨科。這種來勢洶洶婦產科或是小兒科的機會比較少。不管如何，反正一定有倒楣的人要忙好一陣子就是了。

「我現在可以和你說話嗎？」拄著枴杖的病人又鞠了九十度的躬。

「不行。」因為我看到救護車上的人把病人抬下來，擔架上都是血，有一隻腳差點掉到擔架外面來，只剩下幾條韌帶連著腿，搖搖欲墜。我指著擔架告訴他，「等一下我會很忙，沒時間和你說話。」

「喂，」現在我手上的〈天鵝湖〉斷了，有個血庫的傢伙告訴我，「全醫院都沒有Rh陰性的血液，我再告訴你更糟糕的事，全台北市現在也沒有了。」

「可是不行，」我大叫，「小孩子正在開刀，大量失血，沒有血不行。」

「他一定有家屬是Rh陰性，請他的家屬捐血。」

「那是他爸爸，已經死了。」天啊，同色羽毛的鳥都會湊在一起。

「那我也沒有辦法。」

「不能沒有辦法！」我對著電話大吼，「小孩子會死在手術檯上。」

「如果是這樣的話，」對方停了一下，「我給你一個電話，你可以去找傅班長。」

「血牛。對不對？」

「你並不一定要這麼稱呼。」他笑了笑。

2

「血壓100/40，心跳110，呼吸18下每分鐘。」護士小姐很熟練地量好心跳血壓，告訴我病人的情況。

「打上五百西西生理食鹽水，給我消毒藥水、彈性繃帶、洞巾、針線、局部麻醉劑、五西西空針。」我翻翻病人的眼瞼，情況還好，出血應不超過一千西西。我只要結紮幾條出血的動脈，暫時止血，大概不至於有生命危險。

「他會不會死掉？」一個顯然是病人太太的女人問我。

「他暫時不會有生命危險。不過兩隻腳保得住保不住我就不敢說了，」

我拿消毒藥水局部沖洗，「誰告訴我到底怎麼回事？」

「他做生意失敗，欠了人家好幾百萬。」

「被砍斷的？」我抽好局部麻醉藥，注射在傷口周圍，聽到病人哇哇叫的聲音，「稍忍耐一下，一會兒就不痛了。」

我轉身告訴護士小姐：「請警察局的人過來一趟。」

「等一下，」一聽到警察，病人太太的神色有點慌了，她看了看旁邊病人的弟弟一眼，「拜託不要叫警察，是他自己砍斷的。」

「自己砍斷？」我試著結紮幾條正在噴血的動脈。

「是這樣子，醫師。」病人弟弟示意女人不要說話，「我哥哥有一個保險，如果是全殘，可以領到五百萬元。」

「你自己弄成這樣，保險金領不到。保險公司沒有那麼笨的啦！」

「我們查過了，就算自殺也給付。現在只要兩腳都斷了就算全殘，」

病人弟弟接著又說，「你看我們都是精神正常的人，不會無緣無故這麼做的。保險問題請醫師不要擔心。」

「我不是懷疑你們，」結紮好動脈，我開始檢查傷口，「我是說，就算可以領保險金，一定要這樣嗎？」

「醫師，你一定沒欠過別人錢，所以你不知道。」

我一邊檢查，發現左腳已經完全斷裂，大概接合無望，不過右腳的後脛神經還在。脛骨可以打釘子固定，幾條韌帶、血管都可以接合，希望不小。

「還有一隻腳可能還有希望，我們會盡力試看看。」

「不行，一定要切掉。」病人的弟弟這麼說，病人一直都不說話的，這時也目光炯炯有神，堅決地附和，「切掉！」

「如果可以接合，我們還是要盡力的。這是我們的責任。」我告訴他。

「算是我求求你……」病人太太跪下來了。

3

「Rh陰性的血嘛，實在很少……」傅班長來了，圓圓胖胖的臉，一眼就看得出來是個北方人。他不斷地搔快禿光了的頭，「這個也有，不過要連絡看看。」

他坐在辦公桌，不斷地打出電話，不停地說：「幫個忙，找看看嘛，不找怎知道沒有呢？」

事實上我的問題不只如此，我還必須面對小孩子的媽媽。她是個耶和華見證者團契的成員。由於教義的關係，這個宗教的成員不准輸血。我並不了解這個宗教，也不太明白這個規定的原因。我相信上帝一定有很好的理由，否則祂簡直是和醫師開玩笑，或存心考驗我們的本事。

「我的小孩是上帝的孩子，請不要給他輸血。」病人的媽媽一再堅定地重複她的立場。

「妳聽我說，妳的孩子現在在開刀房開刀，正大量失血。雖然我們暫時可用生理食鹽水來代替，但絕非長久之計。」

「請你們多多幫忙。」她虔誠地對我深深一鞠躬。

「不行，不行，妳不明白，」我拉住她，「失血過多不行，這是會死的。妳知道嗎？」

「我知道你的用意，醫師，謝謝你。」她又一個鞠躬，「可是耶和華會照顧我的孩子。」

「妳還是不明白，」我有點生氣了，「我告訴妳，這並不是很嚴重的問題，只要妳肯輸血，所有的問題都可以解決。Ｒｈ陰性的血我們也可以想辦法找，可是如果不輸血，後果會相當相當嚴重。妳懂嗎？」

「我懂。」堅定而簡短。又一鞠躬。「願主保佑。」

不管我再說什麼，都換來她的深深一鞠躬。最後我愈說，她就愈不停地鞠躬對付我。

「妳真的那麼相信上帝嗎？」問完這句話，看到她那不可思議的表情，我決定住嘴。

傅班長還在打電話：「我知道你不做很久了，可是小孩子都快死了，又只有你有，幫幫忙嘛，人活著誰不需要幫忙？」

看見我在走來走去，那個拄著枴杖的病人又來了。

「侯醫師，我可不可以和你說話？我有話對你說。」

「不行。等一等。」我幾乎要罵了出來，「有人快死了，你沒看見我正在忙嗎？」

「有了！」這時我聽見傅班長叫了起來，他一手蒙住話筒，回過頭來問，「總算找到一個計程車司機，十多年沒連絡了，你問她到底要不要，比普通的貴一點喔！」

「要，要，要！先拿來再說。」免得她後悔。我如獲至寶。

4

「停！統統停下來！」這時骨科主治醫師蔡醫師叫了起來，「我需要思考！」

我換好無菌衣，拎著一個單位的Ｒｈ陰性鮮血衝進開刀房，並把急診室發生的事情都告訴他。

情況很可笑，兩邊病人都麻醉好了，開刀也進行了一半，忽然一切都停下來了。蔡醫師抱著手從手術檯上走下來。

「這個，血紅素只剩下6.2（正常差不多是14、15），」他接過我的血，指指右邊，「然後耶和華叫他不要輸血？」

我點點頭。

「這個，」他指指左邊，「他的右腳還可以接，然後保險公司叫他砍掉？」

我又點點頭。

「這是什麼世界？」

「我不知道。」

「我又沒問你。」蔡醫師白了我一眼。自顧自地在開刀房走廊走來走去。

開刀房很安靜。所有的人都停了下來。只聽到心電圖的聲音嘟嘟嘟地規律地叫著。生命有許多時候即使是舒伯特也無言以對。在生死界限模糊不清的時候，什麼是真理呢？自己的道德判斷？病人的意願？還是上帝的旨意呢？往前再踩一步就是生死契闊。到底往左呢？還是往右？

不要用你的問題質詢我，我不過是電動玩具店裡的一名賽車手……

不要用你的問題質詢我，我不過是電動玩具店裡的一名賽車手……

我坐在走廊的地面上。不知道為什麼，一直想起這首詩。我還想起那個拄著枴杖，尚未處理完的病人，他一定等我很久了。

不知過了多久，安靜得簡直要窒息了。

「就這樣，」是蔡醫師的聲音，「右邊這個不要輸血。左邊這個，不管如何，我們還是要把腳接起來。好了，統統開動！」

他走過來，疲憊得彷彿快倒下去了。

「為什麼你接受這個家屬的建議不輸血，卻不接受另一個家屬的建議把腳鋸掉呢？雖然就醫學觀點兩者都同樣是負面的，為什麼處理的方式不一樣呢？」我接過他交還給我的鮮血，好奇地問。

「你想知道真正的答案嗎？」蔡醫師問。

我點點頭。

「好，我告訴你。我也不知道。」

5

小孩子從開刀房送出來的時候，我手裡還拿著那袋鮮血，已經沒有原來那個溫度了。他還沒有醒過來，不知道是因為麻醉或者是失血的關係。老實說我有點擔心，小孩子的臉蒼白得像張乾淨的聖經紙。

「我可不可以在恢復室陪他？」媽媽問我。

「通常我們不希望這樣，」我看了看她，「再說，妳也不能幫他什麼。」

「可以，」她又是堅定十足的表情，「我可以和他一起祈禱。」

「好吧。」講到上帝，我只好又安靜了。

6

我走出恢復室，又看到那個拄著枴杖的病人。

「沒事，沒事。醫師你一定很忙，我不急，真的不急。」顯然他已經有點怕我。

「啊，對不起！讓你等這麼久。」我看看錶，已經是下午一點鐘了，「我馬上幫你把石膏拆掉。我前幾天看過你照的X光片了，傷口癒合得很好。」

「沒有關係，我願意等。」我們一起走到急診石膏室去，「你是一個很好的醫師，我很幸運能遇見你。你很細心，用的方法與別人不一樣，表示你的研究很獨到。」

很好的醫師？老實說我愣了一下。我並不是一個很好的醫師，一開始我就把他的 X 光片掛反了，自然石膏也包錯腳了。

「醫師，我斷的是左腳，可是你包的是右腳……」

現在想起來我實在很厲害，當初面對這樣的質疑竟能不慌不忙告訴他：

「沒錯，這是比較新的方法。先固定右邊，再包左邊，兩邊一起來，這樣癒合得比較快。」

「啊？新的方法？」

「這在大醫院才有，是美國研究出來的新方法。」不能用太久，免得露出馬腳，「過三天你再回來，我幫你把右邊拆掉，你就輕鬆了。」

我們兩個人從恢復室走到石膏室。我把他扶上處理檯。

「你已經拆過一次右腳，有經驗了，應該不會害怕才對。」

「是啊，你那一次把右腳拆掉，我整個人都舒服起來。這個方法實在是很好，可惜很少聽別的醫師使用，以後應該好好推廣。」他抓抓頭，「不過那次你沒有收錢一直讓我過意不去。」

我開動電鋸，一下就把石膏鋸開了。

「下來走看看。」

他把枴杖丟掉，慢慢地起身在地上走來走去：「我可以走了，真的可以走了！」他高興地叫著。

我看見外面急診暫留室起了一陣騷動。好像是截肢手術的那個病人從開刀房下來了。

「醫師，我有話告訴你。」

「等一下。」我又丟下他，往外跑。

7

「怎麼還剩一隻腳？」病人醒來了，第一個問題。

「不是說好的嗎？怎麼還剩一隻腳？」病人的弟弟也問出同樣的問題。

所有人都把目光投注到我的身上來了。

「站在醫師的立場，這是可以接的腳，沒有理由……」

我還沒說完，已經被病人太太淒厲的哭聲打斷：「我們就注定這麼苦命……」

「怎麼辦呢？」這個家庭立刻陷入愁雲慘霧中。

「你為什麼不把它切掉，為什麼不把它切掉？」病人太太歇斯底里地過來抓起我的領口，拚命地搖晃。

「妳聽我說，我們醫師有醫師的立場。」

「那你們有沒有想過我們的立場。你叫我們拿什麼來還債呢？叫我們拿什麼來付醫療費？」

「醫師，」病人虛弱地說，「你這是叫我去死。我這次領不到錢，下次只好死給你們看了，我看你還有什麼本事把我救起來？」

「你還敢說，你還敢說，」病人太太開始亂丟東西，抓都抓不住她，「我叫你再用力一點鋸，你就怕痛，說已經夠了，你自己說，自己說……」

「喔！」她的皮包丟到病人開完刀的傷口上，病人痛得哇哇大叫。

8

小朋友終於醒過來了。

雖然還很虛弱，可是他終於醒過來了。我替他做了一次全身檢查。老實說，我相信他會活下去。

我對媽媽點點頭。

媽媽抓著我的手對我說：

「你知道嗎？我現在知道那是對的。我從來沒有一刻失去對耶和華的信心。我知道我是對的。」

我只好笑一笑。我不知道我是不是對的，我手裡還拿著一包買來的鮮血，Rh陰性，還是很貴的那種。她從來沒有提過要輸血的事，是我自作多情。我想我自己必須消化掉那包鮮血，很貴的一包鮮血，差不多是實習醫師一個月的薪水。

9

很晚了，早過了下班的時間，急診室的人已經開始輪流吃晚餐了。晚餐不錯，有傅班長的加菜。不知道為什麼，這成了習慣。傅班長謝謝大家介紹生意，請大家多多支持，繼續愛用。

我開始覺得這是很糟糕的一天。接好了一隻腿，挨罵個半死。買了一包鮮血，去掉一個月的薪水。天空是灰色的，我的心情是藍色的，藍得不能再藍。

走出了急診室，那個拆石膏的病人還沒有離開。

「啊！你還沒走？」我嚇了一跳。

「對不起，我知道你很忙，我有話對你說，不知道現在可不可以？」

「可以，可以。對不起，我忘記了。你說，你說，我現在一定可以專心聽你從頭說到底。」

「其實，我也不知道從何說起，」他從椅子上拿出一大塊東西，「這個送給你。」

我拆開包裝紙，是一塊匾額。寫著我的名字，還有病人的名字，中間幾個醒目的大字「骨科大國手」。

「你一定很忙，我只是要說，謝謝。」

說完他轉身就走了。

望著他的背影，我忽然不知該如何是好。好久才恢復過來。

我走到外科急診室，把鮮血丟在診療桌上。

「我走了，這包鮮血寄放在這裡，」我笑了笑，「晚上如果有需要Rh陰性鮮血的病人，拜託幫我賣掉。」

拎著一塊大國手的匾額，我覺得很恍惚，醫師這個行業太瘋狂了。我得趕緊下班。

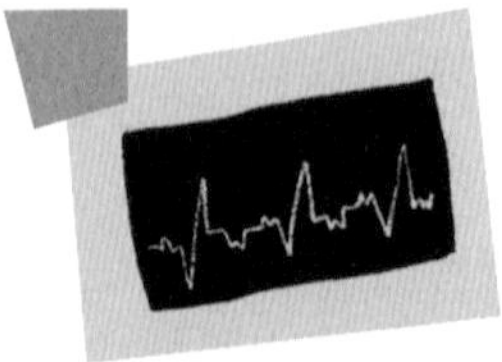

我不是菜鳥

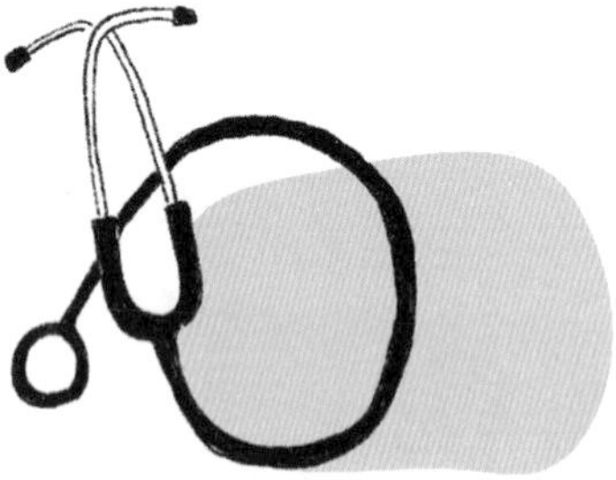

1

我第一天到內科報到時，總醫師正在護理站寫著一些紀錄。

「我是這個月的實習醫師。」我必恭必敬地告訴他。

「唉，」他嘆了一口氣，正眼都不看我一眼，「又是一群菜鳥。」

他自顧自寫著自己的紀錄，看起來一副冷漠的樣子，臉上沒有一點表情。

「我不是菜鳥。」我很正經地告訴他。

「你會什麼呢？」他總算抬頭看了我一眼，滿臉不屑。

「我已經當了三個月的實習醫師，很多事我都會做，寫病歷，追檢驗結果，借 X 光片，抽血，打點滴，量血壓……」我不服氣地表示。

「那你去量第三床病人的血壓，量好之後來向我報告。」他低著頭寫他自己的那份報告，彷彿全世界再沒有比那紀錄更重要的事一樣。

豈有此理。第一天報到就考我量血壓。這早在醫學院四年級就學過的技術，現在考我，未免太狗眼看人低了。我走進護理站，二話不說，拿了血壓計和聽診器就往第三床方向走。

「早。」我對著病人寒暄，可是病人不理人。

算我倒楣，一大早都碰到不理人的對象。我自顧自把血壓計充氣套圍到病人手臂。量血壓其實很簡單，你只要把聽診器放到肱動脈的位置，另一眼注視血壓計上的水銀汞柱壓力表，當充氣套充氣時，壓力表開始上升，這時血流被充氣套壓力阻斷，聽診器自然聽不到動脈跳動的聲音。隨著充氣套慢慢放鬆，壓力表開始下降，聽到動脈跳動時的壓力就是收縮壓。壓力持續下降，等到聽不到跳動時的壓力就是舒張壓。

我套好充氣套，開始充氣，看著水銀汞柱慢慢上升到二百左右，然後開始放氣。一百八十，一百六十，一百四十，一百二十，一百……我還是聽不到心跳，這時候我已經覺得不太對勁，一個正常人最起碼的血壓也要維持在九十以上，否則就要休克了。壓力表持續下降，八十，六十，四十……一點都聽不到。我不信邪，難道真的是我沒學好量血壓嗎？再試一次，還是一樣。天啊，我敢斷定病人一定已經休克了。

「總醫師，快來看看，病人已經休克了。」我上氣不接下氣，跑去向他報告，「我量不到他的血壓。」

他仍然低著頭填他的表格，一點都不在乎的樣子。

「你快來處理啊，已經休克了。」

「再去量一次。」他瞇著眼睛看我，一點都不相信我的話。

我急得有如熱鍋上的螞蟻。不可能是我量錯。我飛也似地衝過去第三床，再量一次。一百八十，一百六十，一百四十，一百二十，一百……我還是聽不到心跳。

「這次是真的，病人已經休克了，你不要不相信我的話。」我又衝回去告訴他。

「再去量一次。」他冷冷地說。

我又量了一次，再也不管他說什麼了，我對著護理站的護士小姐大叫：

「妳們誰快來看看，第三床的病人量不到血壓了。」

「第三床？」有個護士小姐很納悶地說，「第三床病人已經死了一陣子，等著領回去。他的家屬還沒有辦好手續。」

這時總醫師總算填好他的表格，蓋了印章。

「這份死亡證明拿給病人的家屬，請他們趕快去辦手續。」他說。

我可愣住了。

「人是死的、活的你都分不清，你還會什麼？」他轉過頭來，語重心長地說：「唉，菜鳥。」

2

好了，現在所有的大醫師小醫師都到齊了。

燈光暗下來。有人把一張 X 光片掛上去閱片架上。

「病人五十歲男性，主訴呼吸困難。」就這麼幾句話。猜謎遊戲開始。

總醫師的目光在眾醫師之間游移。

「實習醫師，你先上來讀。」

讀X光片是內科的樂趣。先由總醫師去搜集各種病症的X光片，在晨會的時候提出來給大家猜謎，作為訓練的方式。

如果你看過高手讀X光片，你就知道那是多麼可怕的功力。一張簡單的X光片落到讀片高手手中，可以讀出幾十年前可能得過肺結核，經過完全治療。病人得過某種特殊的黴菌感染，可能在年輕的時候曾經到過非洲或是南美洲旅遊……

如果是一個實習醫師，那就完全不同了。

「嗯，這是一張X光片，照得還算清楚。整個骨骼上看起來完整，沒有骨折或是不正常發育。橫膈的位置在第十肋間，右側比左側高……」

我實在讀不出來異常的地方，只好繞著我看得到正常的地方打轉，試圖拖延時間。

「別繞圈子，」有個主治醫師說話了，「你只要把你看到不正常的部分讀出來，那就可以了。」

「嗯……」我當場愣在那裡。

「我給你一個提示，你看左側肺部和右側有什麼不一樣？」

「……」不知道。

「是不是右側比較黑？」這位主治醫師還有一點教學熱忱與耐心，可是我看得出來快用完了。

我點點頭。

「你在右側看不到肺部的血管和肺部實質，對不對？」

我又點點頭。

「那代表什麼？」

眾目睽睽。我站在那裡，簡直快發瘋了。就在一切都快絕望的時候，我看到總醫師偷傳來一張紙條，寫著：

氣胸。菜鳥！

「氣胸。」我大聲回答。

我豁然開朗。黑色的部分就是空氣。我看不到肺部的實質和血管，因為肺部被空氣壓垮了。

如果你用一支打氣空針刺入胸腔，你以為像籃球一樣，有很多氣跑出來，然後球扁掉，那你就錯了。事實上剛好相反。氣會由外往內跑。

我們的胸腔是個真空腔，肺臟就在這個真空腔裡面，稱之為肋膜腔。在吸氣的時候胸腔擴大，肋膜腔的負壓增加，肺泡隨著就張開，擴大了，這時空氣自然吸入肺泡內。因此你用空針刺過胸腔，原本真空的肋膜腔吸入空氣，壓垮肺，呼吸動作不再吸入空氣，病人發生呼吸困難，這就是氣胸了。

「如何處理氣胸呢？」主治醫師再問。

「插入胸導管。」我很驕傲地回答。

插入一條管子到肋膜胸中，另一頭接到抽吸管或真空瓶中，把肋膜腔的空氣抽吸出來，恢復肺泡的擴張。標準答案。

「嗯。」主治醫師總算有點滿意，他說：「總醫師，下次實習醫師要好好教，別老是靠傳小抄過日子。」

台下大醫師小醫師之間傳來一陣笑聲，我知道我完蛋了。

3

十一點的夜，已經很晚了，早超過下班的時間了。可是每天都有忙不完的事。

我邊想邊走回護理站，望著手中的菜單，洋洋灑灑十三項，除了還有一個病人要打點滴以外，總算一一都被我塗上紅筆，一件一件幹掉了。

護士小姐已經準備好點滴了。

她對我笑了笑：「今天是我第一次值班，沒什麼經驗，萬一有事，全靠你了。」

「妳是說，妳從來沒有在這裡值過班？」我問。

她點點頭。

天氣很冷。我翻了翻護理站的病歷欄，共有兩個貼了紅標籤的病危病人。

兩隻菜鳥？這個念頭使我不由得打起一陣寒顫。

我決定自己去迴診一次，對一些可能會發生問題的病人再做一些處置。

所謂預防勝於治療。我可不希望在我三更半夜熟睡的時候被挖起來。

護士小姐對我的提議顯得很興奮。我們從頭到尾再把所有的病人看了一次，發現有幾個病人血壓過高，給予降壓劑口服。另外有病人抱怨失眠，我們也加開了安眠藥。更重要的是我決定經由鼻管給予中風的病人氧氣。

「妳去拿鼻管，我來調整氧氣。」我告訴她。

我一邊調整裝在牆壁的中央供應氧氣，一邊得意地想，明天總醫師如果知道我做得這麼好，這麼細心的處置，一定會對我的印象大為改觀才對。

碰！

我不小心弄掉了氧氣的接頭，弄得嘶嘶嘶都是氧氣漏氣的聲音。我試圖著把接頭接回去，不接還好……

轟！

整個閥頭掉了下來，高壓的氧氣漏出來，發出巨大的聲響：

「呼呼……」

情況很糟糕，護士小姐跑了過來，看到這個情況站在門外尖叫了起來：

「氧氣，爆炸，啊……」

她的音頻實在是太高了，使得整個病房立刻緊張情勢升高。

「不要叫！」我大聲地喊。

我相信她一定沒聽清楚我叫什麼，以為我在求救，尖叫得更大聲了。

先是幾個還能行動的病人看見醫護人員的尖叫，飛也似地往外衝。這一衝，原本設定的一些心電圖監視儀警報響了起來。

「不要跑！」我高聲地叫著，可是沒有人願意聽我的話，大家相信一定發生了什麼不可收拾的災難。

警報器，呼呼的氧氣，護士小姐的尖叫聲，病人匆匆忙忙的腳步聲，簡直像是一場世紀大災難，我不曉得該如何是好。

更不可思議的是幾個半身不遂的病人也被驚動了，以極高的生存意志，掙扎著匍匐前進。儘管我大喊沒事，沒事，可是沒有人相信我。

這場動亂直到總醫師來了才算結束。他找到了一個開關，一下子就把氧氣關了起來。

「菜鳥！」他又開始破口大罵，「又是你搞的飛機，對不對？」

「是她大驚小怪。」我指著護士小姐，她怨怨地看著我。

「閉上你的大嘴巴！」總醫師指著我，「下次不管發生了什麼事，沒有我的允許，你敢動氧氣開關，看我怎麼修理你！」

4

現在我的病人喘了起來。再笨的笨蛋都知道，病人呼吸困難的時候要給予氧氣治療，可是我猶豫不決。

「下次不管發生了什麼事，沒有我的允許，你敢動氧氣開關，看我怎麼修理你。」

我很清楚地記得他說「不管發生了什麼事」。他敢這樣說，一定有他的道理。緊急的 X 光片已經洗好拿回來了，我根本無心看。

「趕快把總醫師找來！」我大叫。

我用聽診器仔細地聽病人呼吸的聲音，沒有任何雜音，不像肺水腫，也不是氣喘。看看外頸靜脈，也沒有心臟衰竭的跡象。

等到總醫師到時，病人喘得更厲害了。

「為什麼沒有給病人氧氣？」他奇怪地問。

「我不敢給。」我用很低的聲音表示。

「什麼？」極高的聲音。

「是你叫我不能亂動開關的。」

「菜鳥！」他又再度破口大罵。

他給了病人氧氣之後，回身去看洗回來的 X 光片，我也跟著去看。這張 X 光片不曉得為什麼似曾相識。仔細看了看，左右的肺部看起來並不一致。左邊看起來比較暗，同時也沒有看到肺血管和實質。

「那這張 X 光片怎麼說？」總醫師瞪大了眼睛。

「氣胸。」我幾乎尖叫了出來。

「氣胸該如何處理？」

「插胸導管。」我大叫。

「那為什麼不插呢？」

直到胸導管包上來時總醫師還在罵，我們在病人肋間做局部麻醉，把肌肉切開，胸導管插入肋膜腔時我們聽見嘩啦啦空氣跑出來的聲音。

「等一會兒再照一張 X 光片，看肺葉有沒有膨脹起來。」他瞪了我一眼，「下次 X 光片再看到一邊暗一邊白，你就給我插胸導管。我已經教過你兩次了，再讓我看到你猶豫一下，我就要你的命。」

5

又是一張待完成的工作表。

「這是今天的菜單。你把所有的工作都做完。」總醫師再三叮嚀，「除了我交代你的事情以外，別亂碰病人！」

我看了看菜單，有第幾床病人安排 X 光檢查，第幾床病人安排電腦斷層掃描，哪一床病人會診外科醫師來看……

「為什麼第五床病人要安排電腦斷層？是不是你懷疑腦中腫瘤？」我好奇地問。

「不要問那麼多。」一貫冷漠的聲音。

「為什麼別的實習醫師可以做自己的處置，我一定要看你的菜單，不能自由處置？」

「菜鳥當然是看菜單。」

「我不是菜鳥！」我大叫。

他指著技工宿舍的方向問我：「那裡有兩隻狗，一隻用鍊子綁著，一隻卻自由走動，有沒有看到？你知道為什麼嗎？」

「為什麼？」我傻傻地問。

「因為那隻狗不咬人，所以牠能自由走動。」

「這和我的問題有什麼關係？」

「你不是想要自由嗎？」他指著我的鼻子，「拜託別再給我找麻煩了，好不好？」

6

當我半夜被電話吵醒時，心中實在有一千個不願意。

「你一定要過來看一下，病人愈來愈喘，否則我不會隨便叫你的。」護士小姐的聲音聽起來很急切。

放下電話，披上外套，我惺忪地走到病房去看病人。

「先給他氧氣。」果然病人真的很喘。這回我毫不猶豫了。

我接過聽診器，詳細地聽病人的呼吸聲音，沒有任何雜音，也沒有心臟衰竭的跡象。

給了氧氣之後病人的情況似乎有了改善。就在這一剎那，我的心中閃過一個可怕的念頭：

「難道又是氣胸？」

我身上所有的細胞全醒了，像看到了獵物的野獸一樣。

「請X光科來緊急照相。」我吩咐護士小姐。

或許冥冥之中我該相信命運。我不是菜鳥。命運安排我這次機會，證明我不是菜鳥。

X光科的技術人員來照了相，夜靜靜地，我也靜靜地期待結果。

不知道為什麼，我愈來愈興奮。

不久，X光片洗好了。我把片子掛到閱片架上去。

我起了一陣寒顫。就是那張一模一樣的X光片。左右側肺部顏色不一致，一邊暗，一邊亮。同時在暗的這一側也找不到血管和肺實質。

「氣胸！」

「要不要請總醫師過來？」護士小姐問我。

「不用，」我幾乎要得意地笑出來，「準備胸導管包。」

消毒，打局部麻醉，切開，放置導管。我興奮得手都有點發抖。

「等一下照張 X 光片，看看肺部有沒有膨脹起來。」我裝出很鎮定的表情。

我已經可以想像明天我看到總醫師時的勝利表情。

「我不是菜鳥！」我一定要對他大叫。

7

我在隔天的晨會上看到那張插完導管後的 X 光片。肺部並沒有膨脹起來。

「你知道為什麼肺部沒有膨脹起來嗎？」

我搖搖頭。

「因為病人早在十年以前就做過了左側肺全葉切除，沒有肺臟，當然就不會膨脹。你在裝置胸導管之前讀過他的病歷嗎？」

我又搖搖頭。

「誰教你這麼做的呢？」主治醫師可不高興了。

我眼巴巴地看著總醫師站起來。

醫學當然有許多不可思議的事情，可是這時候我忽然有些能夠理會他的心情了。

「唉，」他一定又要大罵，「菜鳥！」

遊戲規則

1

「你是新來的麻醉科實習醫師？」

等他們對我驗明正身之後，所有的人都對我開始抱怨起來。抱怨病人不遵守病房規定，偷偷喝酒，還抽菸，屢勸不聽。

病人年紀不小，半坐在床上，他看起來十分羸弱，一臉無辜的模樣。

「我想和醫師單獨說話。」病人表示。

等所有的人都離開以後，我開始在他身上做例行的身體檢查。

「哎，女人，全世界的女人都一樣，永遠嘮叨這個，嘮叨那個。」

我在肺部聽到不少雜音，另外在腹部也有明顯的腹水。背部敲痛反應十分明顯，另外四肢也有輕微水腫。

「一旦你靠近女人就沒完沒了，她光是嘮叨不夠，還幫你生了很多孩子，然後每個人都嘮叨一點。爸爸，不要做這個；爸爸，不要做那個。哎，人生是個陷阱。活了這麼老，好像被誰騙了似地。」病人繼續對我抱怨。

我抬起頭，看到一張鮮明的現代舞海報，貼在牆上。

「舞是我編的，就要公演了。到時候我大概已經出院了。」他勉強側過身來，「你看舞嗎？我可以送你幾張票。票不好買喔。」

「我看過莫斯・康寧漢的舞團。不過看不懂就是。」我抱著手看那張海報，很漂亮的設計，公演的日期就正好是下個月的今天。

「我一眼就看出你是行家。」他一聽到莫斯．康寧漢，如獲知音。從瑪莎．葛蘭姆開始數落起，對我搬出現代舞全集。

「最近晚上還會痛得睡不著嗎？」我沒有時間和他扯這些現代藝術，趕緊拉回正題。

「他們說我的病情有進展，可是我的疼痛卻愈來愈嚴重。醫師，你說這是怎麼回事？」他收起了笑容，很認真地問我。

我愣了一下。「等你的病痊癒，疼痛自然就會消失了。」我告訴他，「我會把口服止痛藥的劑量再調高。」

「好吧，反正這是你的地盤，你說什麼，就是什麼。」

我在他的床下，搜出一瓶XO，已經喝掉了半瓶。

「這是怎麼回事？」我問他。

「就是這麼回事嘛。」他攤開手，對我笑了笑，「別告訴我你也是一個嘮叨的醫師。人就是這麼回事。不是小白兔，小白兔吃紅蘿蔔就可以滿足。可是人不是小白兔。」

「好，我不嚕囌。不過我把這瓶ＸＯ帶走，等出院的時候再還你。」

「送給你當作見面禮好了！」

我走出病房，家屬們立刻圍了上來。

「他都跟你說了些什麼？」他們很緊張地問。

「都是病情的問題，沒說什麼特別的，」我提起那瓶ＸＯ，「我叫他以後少喝酒了。」

「醫師，你這個月新來，有些事我們想麻煩你。你知道，他是末期癌症。」

「我知道。」

「不過他自己不知道。他一直想參加那場公演的首演。」

「這恐怕不容易。」我翻了翻病歷，末期癌症加上腹膜轉移、肝臟轉移、骨骼轉移、肺部轉移。這幾天腹部積水、肺部積水又來勢洶洶。

「我們想請你幫我們保守這個秘密，不要讓他知道。」

「我可以理解。」我點點頭，「不過，你們為什麼不告訴他真相？」

「我們想讓他活在希望裡。我們都需要希望才活得下去，對不對？」

2

「這個容易。」等我把麻醉藥推進脊髓腔裡面時，我告訴自己。

我把側身的病人翻過來，等待藥物發生作用。

我想起那天剛到麻醉科實習時，總醫師的示範。

「就像打點滴那麼簡單。」總醫師拿著脊椎穿刺針。

病人側著身，手抱膝，他彎曲的背脊正好展現在我們的面前。總醫師順著椎間的位置，把長長的穿刺針刺入，就看到了脊髓液緩緩地流出來。

「脊髓液表示我們針尖的位置在脊髓腔中沒錯。」他接過準備好的麻醉藥，接上穿刺針，緩緩地推藥。

我們把病人翻過來，讓外科醫師開始消毒。這裡捏捏，那裡捏捏，很神奇地，病人肚臍以下的半身變得毫無知覺。

「這個容易！」我幾乎叫了起來。

「是呀，」總醫師笑了笑，那笑裡面好像還有很多陰謀，「這是最容易的部分。」

「那什麼是困難的部分呢？」我不甘心地問。

「困難的部分我現在不能教你。」

困難的部分？一邊想，我一邊在病人身上捏。

「會不會痛?」我問她。

「我不知道。」不知道?病人是個很年輕的女孩,顯然非常緊張。

外科醫師的動作很快,不久他們就鋪好消毒單、消毒巾。我則還沒有測出麻醉的範圍。病人實在是太緊張了,我一點辦法也沒有。

這時電燒已經接好了,一切器械也準備就緒。

外科醫師對我點點頭,我也向他們點點頭,開始劃下第一刀。

「啊!」她開始掙扎,「會痛,會痛,我可以感覺。」

所有的人這時都停了下來,看著我。

「不可能,」我抓抓頭,試著給病人一點鎮靜藥物,「我明明看到脊髓液流出來,麻醉藥也推得很平順。」

「啊!」再試,仍然會痛。「我不要開刀了,會痛,我知道……」

「我遇到困難了!」我在內心中大叫,慌忙去請總醫師出來,「我遇到困難了，我明明藥物推得很順，可是病人一直喊痛……」

總醫師不慌不忙走過來，他抓著病人的手，用很沉穩的聲音告訴她：「妳有感覺我知道，可是那不是痛。妳再感覺看看，那並不是痛覺，對不對？每一個人都是這樣，妳太害怕了。妳的問題是妳無法集中精神。」

他把我的手交給病人，對外科醫師做了個眼神，讓他們繼續。「妳現在想想看，在妳面前是一位帥哥，妳正拉著他的手，妳集中精神，注意看著他，想像任何妳喜歡做的事情。」

病人抓著我的手，定定看著我，手術又恢復進行。她的情況似乎好了一些。

很神奇地，病人竟然不痛了。可是過了不久，新的問題立刻接踵而至。

「他一點也不帥，我沒有辦法想像。」病人抗議。

「這個我可以理解。」總醫師把我的手拿開，「我請侯醫師講笑話給妳聽，他的笑話可比人有趣多了。」

「你自己捅的樓子自己收拾。」總醫師留下這句話，走了。

3

好了，現在產婦在我的面前叫得死去活來。我簡直是進退維谷。

「你們不是幫我做了無痛分娩嗎？為什麼我痛成這樣？」她趁著陣痛的空檔質詢我，眼睛瞪得大大的。

她的陣痛愈來愈密，時間也持續得愈來愈長。

「哎喲……」

婦產科醫師做了內診，子宮頸口只開了一指寬。

我抓著硬脊膜外注射管，猶豫不決。總醫師臨走時再三交代，一定要等到子宮頸至少開了三指以上才能開始注射麻醉藥，而且不能超過十五西西，否則產程延長，產婦與胎兒的安全都有問題。

「哎喲……」

產房裡面傳來輕鬆的音樂。讓我一次愛個夠。歌手不斷地重複著這句歌詞。悠揚的樂聲中，哀號格外淒厲。產婦怨怨地看著我，相對地，我就顯得格外殘忍。

「侯醫師，你說過，保證不會痛的。我那麼信任你……」

「你現在是麻醉醫師對不對？如果你可以坐視著病人叫痛而不管，那你算什麼麻醉醫師呢？」現在我聽到了那個聲音，是我自己心中發出來的。

「哎喲……」

逃不過良心的譴責與病人的苦苦哀求，我抓起注射器，狠狠給了病人八西西的麻醉藥。讓我一次愛個夠。歌手還在唱著。

果然沒有多久，麻醉藥發生效用，我的病人安靜了下來。就算總醫師，也不一定永遠是對的。我安慰自己。

不過我的自我陶醉大約只持續了十五分鐘左右。

「哎喲……」可怕的聲音再度出現，產婦抓住我的手，「會痛。」

「我知道會痛，不可能完全不痛，可是應該比剛剛好一點才對。」

「哎喲……」顯然她忘記加藥之前的痛了，「現在又更痛。」

慌忙之中，我又打了四西西的麻醉藥。

情況愈來愈不妙，這次只維持了五分鐘左右的安靜。

「哎喲……」病人立刻又歇斯底里起來。

很快，我加入的麻醉藥已經超過十五西西，持續作用的時間愈來愈短。婦產科醫師做過內診，才開了兩指。等到子宮頸口全開大概還有一段時間，更不用說之後還有第二產程胎頭進入骨盆腔的疼痛問題。我不能再打藥了，否則產程就會延長，一切都在失控當中。

我又遭遇困難了！我趕緊去找總醫師，哇啦哇啦把這一切都告訴他。

「救命！」我幾乎喊了出來。

總醫師過來看了看，忍不住破口大罵起來。

「是誰叫你自作主張，給她加藥呢？」

「可是我看她那麼痛……」

「我說過，痛是相對性，而不是絕對性的，對不對？」他看著我，我沉痛地點點頭，「好，那如果病人不知道什麼是痛，她就不曉得什麼是不痛，對不對？」

「可是我不覺得我什麼地方做錯了。」

「你錯了，」這回總醫師可真的生氣了，「你不該在病人還不是最痛的時候就給她太多的藥。你不該沒有全盤計畫，不但不誘導病人，反而讓病人牽著鼻子走。你不該在病人最痛的時候束手無策，失去了病人對你的信心。永遠別亮出你的最後一張王牌，懂嗎？」

「我不喜歡這種捉迷藏的遊戲。」

「這可不是遊戲，你搞清楚，為什麼別人十五西西做無痛分娩做得好好的，你卻弄得病人哇哇叫？P-A-I-N，怎麼唸？我問你。」

「騙（pain）。」我隨口讀出來。

「你說對了。就某個觀點而言，PAIN就是騙。你好好想想看。」他指著我的鼻子，「所有的事情並不一定像它們表面看起來那樣。包括麻醉在內，我想這是最困難的部分。」

4

現在我站在那張現代舞海報前面。我必須承認我不大懂疼痛，尤其是

騙的部分。

「你今天氣色看起來好多了。」總醫師很高興地和病人打著招呼。

「你調高了劑量之後有幾天還不錯，」病人聲音顯然比上次虛弱，「不過昨天開始又痛得很厲害。」

「那容易，我們把口服改成靜脈給藥好了。」

「會不會有什麼副作用？」

「不會。靜脈劑量比原來還要小很多，不過剛開始可能有一些噁心，嘔吐，不太習慣，一、兩天就適應了。」

「那好。」病人沉默了一下，接著又問，「醫師，你想，在公演前我有沒有可能出院？」

「你的情況進步很快，照這樣下去，也許更早可以出院都說不定。」

他的家人聽了也很高興地附和著：「爸爸，醫師說你很快就可以出院，說不定你還可以上台去表演一段呢。」

如果隔著牆壁聽到這段對話，你一定會以為病人恢復得很好，可是事實上卻不是這麼回事。我看到病人眼眶深陷，兩眼發黑，他的呼吸顯得很微弱。不但如此，腹水、四肢都腫脹得更明顯。

走出病房，我又有一大堆問題了。不過在我還沒有提出問題之前總醫師倒先問起我了：

「可以預期他的疼痛很快就無法靠靜脈嗎啡來控制。你想，我們還有什麼好方法？」

「可以用硬脊膜嗎啡注射來控制，慢慢提高藥量。萬一不行，還可以用脊髓腔內嗎啡注射來止痛。」我停了一下，「可是，我們為什麼不乾脆給他直接做脊髓腔嗎啡注射呢？」

「你說呢？」總醫師反問我。

「因為疼痛是相對性，而不是絕對性，」我馬上想起那天在產房的教訓，「我們永遠要留著最後一張王牌！」

「你倒學得很快，」總醫師有點笑容了，「我們一直有新的花招控制疼痛，這樣病人就一直活在新的希望裡。」

「可是這樣下去，總會有一天，我們不得不把王牌翻出來。」我問。

「不一定。你要知道，癌症病人不一定能活很久。戲法人人會變，可是不一定每個人都能變得很精采。」

「騙！」我大叫了起來。

「現在你知道了。」

「可是你有沒有想過道德的問題？這樣叫做道德嗎？」

「我不知道，我是做疼痛控制的醫師，這是我的職責，」他拍了拍我的肩膀，「我想這是真正最困難的部分。」

5

「別擔心，我們可以打一條細管在硬脊膜外層，止痛效果更好。」

一切就如同我們所預料，我們仍然稱讚病人氣色很好，說著一些出院之類的事，可是病人的情況卻急速地惡化。很快地，我們的靜脈嗎啡注射無法止痛了。

病人側著身，背對著我。他的身體已經瘦得剩下皮包骨，並且還發出一股奇怪的臭味。我局部消毒，抽好麻醉藥，先做局部麻醉。

「等我們做好這條硬脊膜外層導管，你可以帶著它出院。一天只要打兩次藥，很方便，自己學一學就會了。出院以後，你每一個禮拜來門診檢查一次就可以了。」我很明白自己在騙他。可是謊言一旦開始，就無法停止。

「謝謝你，醫師。」他又開始咳嗽，咳出一堆血來。

看他呼吸情況變這麼差，實在是不宜側躺。我把他翻正回來。稍微一動，病人就皺起眉頭。

「痛。」他虛弱地喊著。我看到心電圖監視器上的心跳明顯變快。

我把藥物打進細管，順著細管進入硬脊膜外層。打完之後，我們就在準備室裡等待藥物發生作用。

我試著告訴病人有一次我看尼克萊斯舞團表演，那些光影與舞者在舞台上交織的變化。

「謝謝你，醫師。」他激動地伸出手去抓口袋，可是抓不到。

我起身過去幫忙，幫他從口袋裡抓出兩張公演入場券。

「我是個沒有用的人，你們都對我這麼好……」說著眼淚已經奪眶而出。

「你不要這樣說，你會很快好起來，還要去參加首演呢！」

「你會去看表演嗎？」他笑了笑，還帶著眼淚，「會變成紀念我的首演。」

我還想說些什麼，被他阻止。

「謝謝你們的好意，我的情況我自己知道，我看不到首演了。他們想讓我活得有希望，我只好順從他們，我想這樣彼此都比較好，他們也有他們的希望。」

我抓住他的手，一直點頭。

「你會幫我守密吧？」他問我。

我點點頭。看見窗外亮晃晃的陽光。

「你現在覺得好一點了嗎？」我問。

「好多了。你們這些麻醉醫師真是厲害。」他動了動，又伸手擦淚，「我看起來氣色還好吧？」

「再好不過了。」我笑著看他，「你準備好了嗎？我們出去讓他們看看。」

6

那是我和病人的最後一次談話。

在麻醉科有個黑板，上面掛滿了癌症病人疼痛控制的進度。通常如果有一個病人的名牌被拿下來，表示我們又完成了一個病例，每個人都知道發生了什麼事，甚至有時候會有如釋重負的感覺。那種感覺很奇怪，可是做癌症疼痛控制的人都已經習慣那樣的感覺。

總醫師說得沒錯，我們不一定會把最後的王牌翻出來。那天早上我看見他們把他的名牌拆下來時嚇了一跳，他走得比我預期的還要快。我想起我拿了他的半瓶ＸＯ，趕忙衝過去病房，也許還來得及還給他的家屬。

我提著酒趕到病房時他們正在收拾東西，同時也把牆上那張海報拆下來。我看了看日期，離公演還有一個禮拜，他沒有等到這一天。

「他走時很安詳，沒有太多痛苦。」他們接過我的ＸＯ，告訴我。

「那就好，」我一時也不知該說些什麼，我看到那張海報，「這個海報可不可以留給我作紀念？」

「當然可以，」他們把海報捲成一捲，「我們實在很感謝你。至少他離開的時候，是抱著希望走的。」

抱著希望？我想起那天亮晃晃的陽光。可是現在窗外什麼都沒有。有一隻小鳥飛了過來，停一下，又飛走了。我本來想說些什麼，可是想想，又什麼都不想說了。

我在病房站了一會，聽見呼叫器響了起來。

「什麼事？」我撥通了電話。

「你剛剛做了半身麻醉，現在病人叫痛。」

叫痛？現在我全身充滿了衝勁，我知道又有任務等著我了。我衝到開刀房，換上無菌衣，直奔手術室。

這回是個大鬍子，我不可能叫他牽著我的手，我會的那些笑話更引不起他的興趣。

「其實你的感覺不是痛，你只是不能集中精神。」我一邊說一邊左顧右盼。無論如何，我不能再找總醫師來救我了。

我看到充氣式血壓監視器，每三分鐘自動量一次血壓。病人的血壓正好是121/60毫米汞柱。

「你有沒有看到自己的血壓？收縮壓是121，舒張壓是60。」

病人點點頭。

「我們來猜數字，看能不能猜中下一次收縮壓的個位數字？」

「每個數字可以下賭五十元？」病人提議，他睜大了眼睛，絕對想不到在開刀房裡面也會有這種奇遇。

不用說整個麻醉過程十分順利，我甚至懷疑病人期待下次再來開刀。到現在為止，我還不是很清楚地明白總醫師所謂困難的部分是什麼。不過精確地計算下來，那一次的麻醉，我一共輸了一千三百五十元。

子不語

1

我想我是在做夢。風吹起白色的薄紗，我似乎聽到聲音，可是什麼人都沒有。

我一定在做夢。我不喜歡這種感覺。知道自己在做夢。我得趕緊醒來。

那陣白紗飄到我的面前，我想伸手去抓，可是又飄遠了……趕緊醒來，我告訴自己。趕緊醒來。

可是這時候，我覺得全身一點力氣都沒有。沒有睜開眼睛的力氣，沒有翻身的力氣。

「誰？」我大叫，可是聽不到自己的聲音。

現在我開始有點慌了。我的神志愈來愈清醒。我是實習醫師。我有點後悔。為了逞強，想贏護士小姐一場電影，來睡這張死過無數病人，據說有鬼的床。快點醒來呀……

夢和現實都交錯在一起了。我睡得好深，好死，可是神志卻非常清楚，我叫自己醒來，但是一點辦法都沒有。那陣白紗又遠遠地飄過來，仔細看過去，又不是白紗，只是一團白色的什麼……

「我要醒過來！」我用力大叫。可是我一點都動彈不得。

我試著去踢那團白色的東西，可是全身沒有一點力氣。現在我可真的慌了。我想起電影裡面的情節，還想起爸爸、媽媽，我不要……

「南無阿彌陀佛，我要醒來。南無阿彌陀佛，我要醒來……」我愈叫愈大聲，可是聽不到自己的聲音。

等到我總算醒來的時候，發現自己全身都是汗。天色開始有一點泛白了。我隔壁床病危的病人睡得正好，呼吸器連接著氣管內管，很規律地把氧氣打到病人肺部。他的胸部均勻地起伏。

大夜班的護士這時已經過來發藥，帶著笑意看我。

「昨天晚上妳有沒有聽到什麼？」我心虛地問。

「聽到什麼？沒有啊。」她莫名其妙地問，「昨天晚上你叫過我嗎？」

「沒……沒有。」我吞吞吐吐地回答。

「你是不是看到什麼啊？」她可高興了。

「哎喲，」我面露莊嚴神聖，「都是妳們這些女人，學科學的人還那麼迷信，天下哪有什麼怪力亂神？」

接著我開始大吹特吹，直到我發現她用尊敬的眼光看著我。

2

「這在醫學上也不是不可能，你正好在淺睡狀態，這時候你的大腦皮質非常活躍，與深部的髓質尚未醒來，所以皮質命令無法下傳，於是你覺得動彈不得，在睡眠狀態下，這是合理的。」

「所以你認為不可能有什麼被鬼魂壓到的事？那白色的薄紗又怎麼說？」

我的住院醫師張醫師和我一邊檢查病人，一邊討論昨天晚上的事。我翻開病人的病歷，主要症狀是嚴重腹痛。在許多醫院檢查找不到什麼毛病，於是轉送過來。

「這樣子痛，痛多久了？」我一邊觸診，發現是瀰散的腹痛。腹肌摸起來還算柔軟，沒有僵硬的現象，不像任何腹部器官破裂的徵候。

「從過年後，就一直這樣子痛。」回答的是病人的孩子。

病人六十七歲，看起來比實際的年紀還要老。因為痛的緣故，他彎著身體，顯得很痛苦的樣子。他的孩子每說什麼，他就虛弱地點點頭，表示同意。

沒有任何反彈性的腹痛，不像是腹膜炎。血液檢查白血球沒有升高。更不像是盲腸炎，或者是任何感染。看來的確是很棘手的病例。

我看見張醫師把腹部、胸部 X 光片掛到閱片架上去。他邊看邊摸著下巴，沒有說什麼。

「從前有沒有過這種現象？」我問。

「三年前有過一次，那次也和這次一模一樣，差一點死掉。」病人的兒子告訴我。

這倒有一點意思。我再追問：「後來怎麼好的？」

「不怕醫師笑，我們鄉下比較迷信。不過我自己是大學畢業，我本來也不信，」他停了下，接著說，「我們去求神明。」

「求神明？」這倒有趣，今天不是碰到神就是碰到鬼了。

「那次發作，乩童告訴我們，父親的陽壽已盡，沒有辦法。於是我們全家就發願，只要再給他三年壽命，我們願意全家都吃素供佛，捐錢興廟。」

「結果就好了？」我問，像一個再典型不過的宗教故事。

他點點頭，很擔心地表示：「可是過了這個年以後，他又開始腹痛了。」

我想了一想，「你是說，到現在正好滿三年？」

張醫師看著 X 光片一直不說話，不知道正在想些什麼？忽然他大叫起來：

「侯醫師，快來看。」他指著 X 光片，「你看這個主動脈的地方，似乎有些模模糊糊的影子，你看像什麼？」

我看他指的地方，的確是有一些若有似無的影子。可是不能確定那是什麼。

「你是懷疑……主動脈瘤？」我問。

「對，」張醫師點點頭，「我們馬上排個動脈血管攝影。」

我心裡一顫。如果真是主動脈瘤，隨時可能破裂，大出血而死。就算是不破裂，開刀的存活率也是很低的。

「怎麼樣？怎麼樣？」病人的兒子問。

「我們怕是主動脈瘤，想給他安排個檢查來確定。如果真是的話，恐怕情況很危險。」

他的兒子聽了走來走去，很煩躁地說：「我就知道，神明來要人了。」

3

「你不要這麼緊張，我們只是懷疑，並不一定真的是主動脈瘤。」我安慰病人的兒子。

他則在血管攝影室外面走來走去，不斷地抽菸，告訴我：

「我的母親也是這樣過世的。」

「你的母親是主動脈瘤？」我問。

「倒不是主動脈瘤，不過那次病得死去活來，吃了很多藥，看很多醫生，都沒有什麼效果。有一天晚上，神明來託夢，要我父親吃素，興廟，這樣我的母親就能再活兩年。」

「託夢？」

「我父親是個不信邪的人，不過那時候實在已經沒有什麼辦法，我的父親告訴神明，他願意吃齋興廟，不過他平時是個不信鬼神的人，請神明給他一個憑據，證明祂說的話不假。」

「結果呢？」

「我父親到廟裡去擲筊，所有的筊擲出來竟全是一正一反的卦。擲到第十八筊，還是一正一反，他的手開始發抖，不敢再卜下去了。」

「所以你的父親開始吃齋？」

「對，他從那時候開始吃齋。很神奇地，我的母親竟然病情好轉。」

「會不會是原來就快要好了呢？」我問。

「好了不奇怪。過了兩年，整整是兩年，才過中秋，母親舊疾再度復發，不久真的就過世了。」

「真的有這種事？」我愈來愈好奇。

「奇怪的事還很多，不是親自碰到我也不相信。在我母親病重的時候，神明又跟父親託夢，說在南投的山裡面有一座小廟，裡面有個和尚，他有一帖藥，向他求來這帖藥，如果能煮出來，那母親就有救，如果煮不出來，那就沒有辦法了。我父親從來也沒有去過南投。我們真的去看，果然有一座小廟和父親形容的一模一樣，也真的有個和尚。和尚聽到藥的事真的拿出一帖藥來，說是十年前有人來寄放的，十年後會有人來要，他自己也不曉得那是什麼藥。」

愈來愈玄了，我聽得簡直目瞪口呆。他接著又說：

「我們求得了藥，欣喜若狂。父親去買了最好的藥壺，請全家人來看著火爐，一起煮這帖藥方。大家一起合唸阿彌陀佛，漸漸終於煮出顏色來了。可是就在我們大呼得救時，那藥壺一個不小心翻了，沒有人看清楚到底怎麼回事，藥壺就翻了，灑了一地……」

「你們認為你們的母親是因為那樣過世的？」我問。

「這是千真萬確的事情。後來我的父親一直十分內疚，虔誠地吃齋拜佛。他三年前那次，也是我們全家發願吃齋拜佛，才把他救回來的。沒想到……唉……」

「不要擔心，也許沒什麼事也說不定。」我試著安慰他。

「不可能的，人的命運是不可能改變的……」

「侯醫師。」血管攝影室的 X 光科醫師走了出來，喊我進去。

我走進血管攝影室，一眼就看到那系列的血管攝影。在腹腔大動脈有許多球狀的血管瘤，不但如此，胸部也有一個動脈瘤。

「趕快開刀吧，機會雖然不大，但不開刀更糟糕。」X光科醫師一直搖頭。

4

我們剖開了腹部，仔細地分離組織，沿著腸繫膜把小腸翻出來之後，再往下剝離，就看到了鼓脹的動脈瘤。

動脈瘤看起來相當大，不但有纖維化的傾向，並且和周圍組織嚴重沾黏。

「這個動脈瘤曾經破過，」主治醫師王醫師斬釘截鐵地表示，「只是我覺得很奇怪，既然破過，病人怎麼可能還活著？」

「三年前破的，對不對？」我心裡猛地一沉，幾乎叫了出來。

「看起來差不多。」王醫師拿了人工血管，在上面比劃，「你怎麼知道是三年前？」

「三年前他曾經有過同樣的症狀，差一點死掉。」

「病歷聽起來滿吻合。那時候怎麼治療的？」

「沒有治療，他們去求神明。」

「求神明？」看王醫師臉上的表情，不用多說，我知道他不相信，他不停地搖頭，「不可能，不可能，不可能自動痊癒。」

王醫師雙手交叉在胸前，似乎在考慮些什麼似地。

「再剝下去實在是很危險。我記得有一次我看別人剝離，不小心剝破了，血噴出來，像一道噴泉，噴得天花板都是血，一下子就心跳停止了。現在不止腹部血管瘤，胸部還有，看來實在不妙，我們從血庫叫了多少血來？」王醫師問。

「大約有四個單位，二千西西左右。」我回答他。

王醫師看看血庫送來的血，又抱著手走來走去。一會兒，終於對我說：

「你現在下手術檯，出去告訴家屬這個情況，再一次確定他們的意願。就說存活率實在是不高，如果他們不願意開的話，我還可以關起來。」

「可是他們已經簽過手術志願書，為什麼還要再去問一次呢？」我不解地問。

王醫師看著我，沒說話。倒是張醫師推了推我，在我耳邊說：

「叫你去你就去。你看不出來他已經一點把握都沒有了嗎？」

5

我像電視上常演的醫師那個樣子從開刀房走出來，一下子我的周圍圍滿了家屬。老實說，我從來沒有一刻覺得自己像現在這般地重要。

「如果這個手術不開的話，會有什麼後果？」在我把王醫師的話說明過後，他們紛紛提出了問題。

「如果不開的話等於是裝了一個定時炸彈在身體裡面，隨時可能爆炸。一旦爆炸，那就沒有任何辦法了。」我回答。

「一定會爆炸？」

「當然血壓的控制很重要。不過他的血管瘤已經剝離了，破掉恐怕是早晚的事。」

「如果開刀呢？」他們接著又問。

「開刀當然是解決問題唯一的辦法，但是我要告訴你們這種手術的危險性，老實說，成功的機率實在不是很大。」

「那該怎麼辦才好，醫師？」

「我們就是無法決定，所以才來徵詢你們家屬的意見。」

「難道沒有別的辦法嗎？」

我搖搖頭。「你們必須給我一個決定。」

顯然這是很為難的選擇。可是我也只能給他們這樣的選擇。他們一群人聚在一起討論了很久。

「現在我們也不曉得該相信什麼才好，」說話的是病人的兒子，「不過既然你們是外科醫師，就是要開刀的，我們應該相信你們。」

「那麼你們決定試試看了？」

家屬點點頭。我也點點頭。

「我明白了。」

就在我轉身要走進開刀房時，病人的兒子單獨走了過來，對我說：

「醫師，請你盡力幫忙，能救就救救我父親。如果真的不行的話，我們自己心裡也有數。不瞞你，這個禮拜天我回南部去問神明，神明說他只剩下三天的壽命了。」

「禮拜天，」我想了一想，「今天禮拜幾？」

「禮拜三。」他說。

6

晚上十點半。還有一個半小時就是禮拜四了。

現在病人正在大出血。腹腔的血不斷冒出來，抽吸器的聲音好大，抽吸空瓶很快就滿了，紅紅一大罐都是血。

「三號線，快點。」王醫師正在大嚷大叫。

「不可能的，人的命運是不能改變的……」

只要一想起這句話，我的心裡就不平衡。到目前為止，神明簡直是百戰百勝，我們醫學之神希波克拉提斯卻節節敗退，眼看就要全軍覆沒。我有點後悔自己選擇了醫師這個行業，也許我該去當牧師或者是法師的。

「不行，他一定要活過今天！」不曉得為什麼，我也大叫了起來。對，一定要活過今天，哪怕只有半個小時也好。

我徵得王醫師的同意，跑到血庫去找了全血四千西西、新鮮冷凍血漿六個單位、血小板六個單位。整個開刀房的準備檯上都是血。

「王醫師，你盡快止血，我這裡的血可以撐差不多二十分鐘。」我告訴他。

「二十分鐘，只要撐過五個二十分鐘就是禮拜四了，我看神明還有什麼話可說。」我打著這樣的如意算盤。

手術檯上嘩啦嘩啦都是抽吸器的聲音。抽吸空瓶滿了，搬出去。不久，新的瓶子又滿滿的都是血。

「請血庫緊急再送三千西西的全血過來。」我請開刀房內勤護士小姐幫忙再叫血。我必須維持至少十分鐘的庫存量。

不久，我的七千西西全血已經不夠了，大部分的血液幾乎都流到抽吸瓶裡去，我必須再叫三千西西的血液以及更多額外的新鮮冷凍血漿和血小板來。

我彷彿可以感到死神正在另一端和我拔河，每次我輸進一點血把病人的生命拉過來，死神便流出更多的血，把他的生命往另一端拉過去一點點。

「沒有什麼鬼怪這回事。」我在心裡喊著，像是鼓勵自己，又像是在給自己壯膽。

差不多在我輸進一萬二千西西的血液時，我看見這時牆壁上的時鐘走過了十二點。

「禮拜四了！神明錯了！」我興奮地大喊大叫。

「天啊！」張醫師笑了出來，「你還真相信那些什麼神明的鬼話？」

血還在流著。不過奇蹟似地，漸漸止住了。王醫師用止血鉗把腹腔動脈夾了起來……

手術結束時大約是半夜二點鐘。我們討論得正熱烈。

「根本沒有什麼神明這回事。要不然神明怎麼會算錯呢？命運怎麼可以改變呢？」張醫師表示。

「我只是懷疑，又不是說我相信。要不然連擲十八筊卦怎麼說？機率太低了，簡直是不可能。」

「你又沒有親眼看到，你只是聽說。我實在不相信這些事。」他表示。

「你不相信，那你敢去睡病房那張鬧鬼的床嗎？」我挑釁地問。

「那有什麼好可怕的，就是一張床而已嘛！」

王醫師正給病人包紮紗布，貼上膠布固定。他看看我，意味深遠地說：

「搞不好乩童說得沒錯，只不過病人今天遇見貴人了，所以延長了壽命。」

「貴人？更離譜了。」我笑了笑，「誰是貴人？」

「就是你自己啊！」王醫師指著我。

我們把病人搬到推床，推出開刀房。

貴人？我不斷地想著這個問題。正當我快要相信這件事時，這個貴人倒楣地撞到了開刀房的懸掛式點滴架，踉蹌地跌個四腳朝天。

7

隔天大清晨我去加護病房看病人時，他的麻醉已退，整個人清醒過來了。情況似乎還不錯。

睡在鬧鬼那個病床的張醫師則才醒過來。他看起來不太好，整個人冒著冷汗還是怎麼地。

「你有沒有聽到我在說什麼？」他似乎是心虛地問我。

「聽到什麼？沒有啊。」我反問他，「你是不是看到什麼啊？」

我可高興了。

「哎喲，都是學科學的人還那麼迷信，天下哪有什麼怪力亂神？」

接著他開始對我大吹特吹起來。

人子

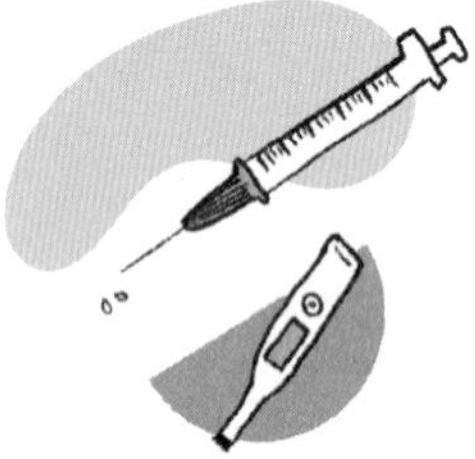

1

我在加護病房正準備為心肺衰竭病人打中央靜脈留置管時，接二連三有新病人住了進來。我看見一個產婦，半坐在床上，喘著氣，一副很麻煩的樣子。我們加護病房很少有產婦住進來，一旦有產婦住進來，多半不是什麼好事。

「唉。」我在心裡默默嘆氣。

「老先生，你聽好，我現在要在脖子幫你打針，你要和我合作。你身上已經沒有任何點滴可以輸液了，請你一定要和我合作。」

我一邊說，一邊想在老先生的肩下墊枕頭，把他的脖子側向一邊。可是我遭到很大的阻力。顯然老先生並不願意，他用一種堅毅的眼神看著我。老先生是國內知名的企業家，我曾經讀過他的傳記。老實說，他白手起家的精神和毅力，給過我很多的啟發。

「老先生，這針不打，就沒辦法給你治療，不打不行。」我再勸他。

他已經做了氣管切開，接上呼吸器，沒辦法說話。但他仍用堅定的眼神看我，很明白地讓我知道他不願意。他的情況很糟糕，呼吸衰竭、心臟衰亡，加上敗血症，可說命在旦夕，機會不大。

我抓著針筒，想起他書中的一些格言，想起他的財富，想起他的現況。而現在他用那種眼神看著我，和傳記封面上的眼神一模一樣。

「唉，」我告訴護士小姐，「請他的家屬進來勸勸他。」

他的兩個兒子進來勸了又勸，似乎都沒有辦法叫他回心轉意。

「我父親的個性相當頑固。」他們對我抱歉十足地笑了笑。

「也許他清楚自己的病情，不想再受折磨了。」

「如果這是很必要的話，儘管他不同意，但是打一點鎮定劑，讓他睡著，你要做什麼事情，我們家屬並不反對。」

「他現在意識很清醒，」我表示，「這樣等於違反他的意願。」

「所以我們說，如果是很必要的話。」大兒子表示，「我們希望不管如何，能盡量延長他的生命。」

做為人子，我頗能體會他的心情與希望。

我吩咐護士小姐拿鎮定劑過來。就在我抽好鎮定劑之後，大兒子又很神秘地附到我的身邊來說：

「你知道，我們公司董事會明天要開，爸爸目前還是董事長，所以，無論如何，一定要拖過明天……」

顯然和我想像的並不一樣。

在我開始注射時，董事長知道了我要給他打鎮定劑。他瞪大眼睛怨怨地看著我，直到藥物發生作用，他的眼睛才慢慢闔了起來。

2

我丟下手套，走過去看我的新病人。

「胎兒現在不太好，再拖下去恐怕不行。」婦產科醫師讀著他的胎兒監視器，一邊憂心忡忡地告訴我。

我隨手拿起她的病歷。「我還沒有弄清楚。」

「你看她的心電圖，」婦產科醫師指著監視器，「慢性的心肌病變，加上嚴重的心律不整。」

我一看監視器，她的心跳很快，血壓偏低，呼吸急促，很典型的心臟衰竭。

「情況真的是不好。」我一邊盤算著，「如果讓她自然生產，心臟的負荷那麼大，時間又那麼長，可能拖不過去。再說，胎兒也未必能忍受。」

「可是如果緊急開剖腹產，」婦產科醫師說，「麻醉醫師認為她心臟能承受的機會有限，很可能一麻醉下去，病人就死了。」

「看來我們根本沒有選擇的餘地。」我表示，「她不應該懷孕的，難道沒有人告訴她？」

「可是病人不聽，她決心要有一個孩子，誰也阻止不了。」

我們一邊說著，監視器上出現了心室顫動，嚴重的心律不整，病人馬上就面臨了死亡的威脅。

「快點，電擊器！」

聽到電擊器，加護病房內立刻一陣忙亂。

「導電軟膏！」我大叫，「調整電壓到二百伏特。」

接上電源，塗上軟膏之後，把陽極、陰極壓在病人胸口。

「準備，所有人離開病床。」

我想起病人還是清醒的，一定很痛楚，可是情況緊急，我已經顧不了那麼多了。

「碰！」病人一陣跳動，痙攣，蜷縮。慢慢，心律又恢復。可是看來並不理想，隨時可能再發作。

「腎上腺素兩西西靜脈注射，碳酸氫鈉兩支，抽個動脈血測驗。」我吩咐。

「這樣下去不行！」婦產科醫師唸唸有詞。

「到底要自然產還是剖腹產？」我問他。

他又搖搖頭。「一定要家屬自己決定才行。」

「病人家屬呢？」我問。

「只有一個妹妹，其他的人在從中壢坐計程車過來。」

「他們知不知道嚴重性？」

婦產科醫師搖搖頭。

「天啊！」

我叫了叫病人，她不斷地呻吟，似乎沒有心情回答我。她的心電圖螢幕很亂，一會兒就出現一段不正常的心律。

3

當你正好很忙的時候，要不是你的事情都做不好，再不然就是壞事接二連三地來。我的情況就是這樣。

「侯醫師，還有一個新病人，請你看一看。」

「又是怎麼了？」

「他本來是胃癌，現在胃穿孔，內出血很厲害。」護士小姐告訴我。

「內出血為什麼不開刀，住到加護病房來？」

「病人不願意。我也不知道為什麼，你自己去看看。」

我走過去，看見一個老先生半臥在床上。他臉上雜亂地長著鬍子，看起來十分羸弱。整個人縮著身子，皺著眉頭，明顯地看得出肋骨，以及幾乎前後貼在一起的腹壁。

「老先生。」

他抬起頭看了我一眼。

「你生這個病，要開刀才會好得快。」

「我不要開刀。」他的聲音雖然不大，可是十分肯定。

不要開刀？住到加護病房輸血？我看見他的床邊點滴架掛滿了輸血袋。這真是荒天下之大謬。即使如此，不趕快開刀，也是支持不了多久。

加護病房外，幾個他的女兒正在嘰嘰呱呱。

「雖然是癌症，只能開刀進去止血。可是現在不馬上開刀，就立刻有生命的危險。」我試圖著向她們說明。

「他自己一定知道是癌症。故意不開刀，要死給我們看，讓我們遺憾，看看我們會不會有罪惡感？」

「其實我們對他一直很好。」

「沒有用啦，他覺得我們不孝，誰都改變不了他。媽媽過世以後，他更是這樣，我們怎麼做都沒有用。」

「對不起，」我試圖打斷她們的談話，「妳們誰可以決定，要不要讓他開刀？因為這個手術是有危險性的，要簽手術同意書。」

說到手術同意書，她們忽然都安靜下來。

「我才不要簽。」她們其中一個人表示，「叫阿賜來簽。」

「誰是阿賜？」我問。

「是我們的弟弟，他現在在飛機上，從高雄趕回來。」

「如果要開刀的話就要快一點。」

「現在就可以去開刀，阿賜馬上就到。我保證簽名。」

說到阿賜，這一群女人又吱吱喳喳起來。

「他從小最喜歡阿賜，我們說一百句不如阿賜說一句話，讓阿賜和他說……」

「哎喲，乾脆告訴他是做檢查就好，管他怎麼想。麻醉藥打下去，他也不能說不……趕快讓他開一開，免得將來人家說我們捨不得錢，不讓他開刀……」

4

「什麼？」這次我真的嚇了一跳。站在我面前的是老企業家的幾個孩子。

「我們知道這樣很為難，可是我們實在是有不得已的苦衷。」

「你是說，希望帶這麼多點滴、輸液，擠著呼吸袋，把董事長抬到董事會上去開會？」我的眼睛睜得好大，一直搖頭，「不可能，不可能。」

「可是父親的事業，你也知道。他現在還是董事長，忽然病成這樣，很多事都沒交代清楚，再說他在董事會也不是沒有對手……」

「這樣實在是很危險，一旦中途出個意外……」

「時間很快，我們會請直升機過來，來回大概只要一個多小時。萬一有什麼事，我們全體家屬都能理解。」

「這是你們全體家屬的決議？」

他點點頭。

「這樣有法律效力嗎？」我問。

「律師說得很清楚，只要他能到場行使同意權，就有效力。」

我想了一想，很認真地問他們：「你們知道董事長快要死了嗎？」

「我們當然知道。」他們用更認真的態度回答我。

「他不會同意吧？」我搖了搖頭，「他病成這個樣子，連打個針都不肯，我想任何事情對他都不重要了，你們這樣對他不是太折磨了嗎？」

「我們都不希望這樣再給父親折磨，」他點點頭，「可是父親把我們帶這麼大，什麼都沒有留下來，他自己一定無法放心把我們這樣丟下，我們想和他再說說看。」

「你們確信這是全體家屬的意見？」

幾個兄弟相互看了一眼。一致地點頭。

「好吧，他是你們的爸爸。你們自己去問他。」

我不再說什麼了。

5

隨著產程的進展，病人的情況愈來愈糟糕，血壓持續很低。

「調整電壓二百伏特。所有人員離開床邊。」我大叫著。

我注意到病人的手過來抓電擊板。顯然電擊是很痛苦的事。

「把她的手拉開！」對一個垂危的清醒病人而言，電擊無疑是最痛苦的折磨。她試圖著掙扎。可是我沒有別的選擇。

「碰！」又是一次的電擊。病人全身跳動了一下，痛苦地蜷曲著。

心電圖暫時恢復了正常，可是跳動速率偏高，血壓偏低，岌岌可危。

「我想以她的現況不可能自然生產，我相信她的心臟絕對無法負荷生產的過程，而小孩子的情況愈來愈糟。」婦產科醫師表示。

麻醉科醫師也來了，面色凝重。

「現在如果要麻醉開刀，百分之八、九十麻醉下去，病人就死了。我們必須一邊做心肺復甦，一邊把小孩子救出來。你們拿小孩需要多久時間？」

「三分鐘。」婦產科醫師表示。

「維持三分鐘應該可以，但是要家屬同意。」

病人的先生站在床畔，幾乎愣住了。病人的公公、婆婆則顯得猶豫不決。

「能不能先救媽媽，小孩子沒有關係，我告訴過她，我們和這個小孩子沒有緣分，不能勉強。可是她不聽我的話，她要一個孩子。」婆婆說著哭了起來。

「唉，妳現在說這些幹什麼。」公公罵她。

「你們聽我說。現在加護病房、婦產科、麻醉科、小兒科醫師都在這裡。我們相信媽媽恐怕撐不到生產。」

「那是不是趕快開刀？」公公問。

「麻醉醫師也在這裡。但是我要告訴你，一旦麻醉下去，百分之八、九十媽媽會死掉。她的機會可以說非常少。但是如果這樣，小孩子或許還有救。你們必須趕快決定。等下去？或者立刻動手術？」

「難道沒有別的辦法了嗎？」

我搖了搖頭。其他醫師也沒有說話。

公公走過去丈夫的身邊，看著媳婦。他喊她的名字。

媳婦瞇著眼睛，試圖著張大表示聽到，可是只張開了一會兒。

公公忍不住也哭出來了。他哽咽著說：

「你們一定要救救她。我這個媳婦很乖，很聽話。」

我走過去他們身邊。

「不能再拖下去。你們一定要趕快決定。」

一直不說話的先生這時轉過頭來，用奇異的眼光看著我，他問：

「你叫我們怎麼決定？」

那眼光有點令人震懾。是啊，換成我，怎麼決定？

我並沒有愣很久。馬上，病人心律不整又發作了。

「電擊器，軟膏，調整電壓三百伏特。所有人員離開床邊。」

我把電擊板貼在病人胸前。我注意到有幾處皮膚已經電得焦黑。病人本能地雙手過來抗拒我的電擊板。

「她還是清醒的！」正要電擊時，這樣的念頭閃過我的心頭。我覺得自己雙手發軟，實在按不下按鈕。

「我們先給她一點鎮定劑讓她睡著。」

「不行，」我一說婦產科醫師就反對了，「鎮定劑會通過胎盤到小孩子身上，小孩子情況已經很差，不能再冒險打藥了。」

我相信病人一定聽見我們說什麼了。雖然她的情況很差，可是還很清醒。她緊抓我電擊板的手，漸漸地鬆開。

「病人不要打鎮定劑。」我幾乎叫了出來。

坦露著胸膛，為了孩子，她像個坦然準備就刑的人，一點都不怕。

6

我們把胃出血的病人推往開刀房。沿途，他一直嚷個不停。

「我不要開刀！」病人叫著。

「不開刀，只是去做個檢查。」

「我不要開刀。」

「告訴你多少次，只是檢查。」

一路上，我們就這樣很荒謬地重複著同樣的對白，直到開刀房近了。

「這樣我死了不會瞑目的。」

女兒們似乎嚇了一跳。「爸爸，你幹嘛說這樣的話。」

「我還沒有看到阿賜。」

「爸爸，阿賜已經在飛機上，一會兒就過來了。」

「我有話要問他。」

「可是，爸爸，只是檢查而已。」

「我不要開刀。」然後荒謬的對白又開始斷續重複。

我摸了摸病人的脈搏，愈來愈微弱。

「他不要開刀，該怎麼辦？」一個女兒問。

「唉，」另一個嘆了一口氣，「他要阿賜給他一句話。他不要這樣不明不白進去開刀。」

「叫阿賜來跟我說……」

我拿著空白的手術同意書，「怎麼辦？」

開刀房外勤護士親切地走出來準備交接病人。

「等一下。」女兒們表示。

「等什麼？」護士小姐不明白地問。

「他在等一句話。」

「現在怎麼辦？」護士小姐看著我。

「哎，」我走來走去，「打電話到血庫，多叫一些血來。」

7

「他的心肺功能可以說很差，現在全靠呼吸器維持。」我持著電話筒，和董事長的律師溝通著。

現在他們幾個孩子圍著董事長。遠遠地，聽不清楚他們在討論什麼。從他們嚴肅的表情可以看得出來這幾個孩子正為了董事會的事，辛苦地勸說這個可憐的老爸爸。

「但是你說他的意識還很清楚，這不是很奇怪嗎？」隔著電話，律師問我。

「我想知道我現在說的話，有沒有法律責任？」我問。

「我只是想瞭解情況。真正要負法律責任的話，還要簽署一大堆文件，所以你不用擔心。」

「那我也想瞭解一下狀況，如果董事長明天不出席這個董事會的話，會有什麼後果？」我問。

「就算他明天出席，也不一定能挽救整個局面，更不用說不出席了。他的孩子，沒有人遺傳到他的魄力，四個兄弟姊妹自己不團結，對方又非置他們於死地不可，局勢很不利。」

「所以非得請這個老爸出來最後一戰不可？」我喃喃自語。

「醫師，」律師又回到主題，「他的意識清楚，是真的？他能說話嗎？」

「他因為做了氣管切開，沒有辦法說話，不過暫時有機器維持生命，所以意識還很清楚。」

「能維持多久？」

「不久。」

「他出席董事會可以支撐得住嗎？」律師又問。

「老實說，我真的不知道。」

律師和我道謝之後掛掉了電話。過了不久，我又接到自稱是董事長律師的人來問類似的問題。事情愈來愈詭異。我決定不再接任何不明的電話，回答這類的問題。

我走到董事長床畔去。他閉著眼睛，所有人都靜默不語，像張靜止的畫片。除了呼吸器的聲音以外，什麼都聽不到。我靜靜站在那裡，也變成安靜畫面構圖的一部分。不曉得到底發生了什麼事。

不知過了多久，十分鐘左右吧，我看見眼淚從老先生眼眶流出來。慢慢，他睜開了眼睛。

「爸爸睜開眼睛了，」他們表示，「他肯了。」

我默默地在心中嘆了一口氣。

8

「碰！」我們又做了一次電擊。我已經記不得這個晚上做過幾次電擊了，情況愈來愈壞。我們幾乎是電擊才完，沒有幾分鐘，又變回了心室顫動，心臟血液完全無法打出。

剖腹產已經開始。麻醉醫師為了維持病人的情況，給最微量的麻醉藥。我們甚至連把病人移到開刀房的時間都不夠，只能在加護病房緊急開始手術。再晚一點，連小孩也沒有機會了。

為了求快，婦產科醫師手術的動作顧不得優雅。一刀連劃破肚皮、肌肉、腹膜、子宮肌壁……必須有一個醫師輪流站在床邊做心臟按摩，以維持心臟血液輸出。

「血壓多少？」

「50/20。」

「腎上腺素三西西注射。」我一邊說著一邊問婦產科醫師，「你們還要多久？」

婦產科醫師劃破羊膜，讓乳白色的羊水流出來。他連著臍帶一把抓出胎兒。

「吸球。」他接過吸球抽吸胎兒口中的羊水，「臍帶夾。」

他把臍帶上下夾住，剪開。胎兒就和母體分離了。

小兒科醫師接過胎兒，趕忙到一旁有照燈的工作檯上處理。胎兒看起來有點發紫，情況不是很好。

「心室顫動又來了。」護士小姐指著心電圖。

「電擊器！軟膏！來，所有人注意，離開床邊。」又是嚴重的心律不整。

「碰！」

「還是心室顫動！」婦產科醫師轉頭過來看了一下。

「你們快止血！這邊我會處理。」我對他們說，「準備電擊器，電壓設定三百伏特，再來一次。人員離開！」

「碰！」病人跳動了一下。反應已經沒有原來激烈了。

所有人都靜了下來，準備看心電圖的變化。這時候，我們聽到小兒科醫師那邊傳來嬰兒的哭聲。雖然那麼地微弱，卻如此地叫人振奮。

「心臟按摩，快！」

就在婦產科醫師的縫合中，我們不斷地重複著急救動作，直到婦產科醫師大功告成，把消毒巾統統撤走，包紮傷口。

不知過了多久，麻醉科醫師叫了起來：

「她張開眼睛了！她張開眼睛了。」

我很懷疑在心輸出這麼低的情況下，她的腦部還能得到供氧，可是她的眼睛的確張開了。

「麗雪！」

家屬過來握著手，叫她的名字。

「她要看小孩！」丈夫驚叫起來。

護士把小孩抱過來。媽媽張開眼睛，或許看不清晰，她的眼睛張得好大。她的臉上有一種我無法形容的表情。

「麗雪！是個男生。」丈夫、公公牽著她的手，已經哭成一團。

「心室顫動！」像個惡魔，又來了。

「電擊器！」我想了想，現在已經沒有孩子的問題了，「鎮定劑！」

「麗雪！」家屬一直叫著她。

病人張大眼睛。他們的聲音和病人的眼神像兩隻抓得緊緊的手，抗拒著那股要拆開他們的力量。

打了鎮定劑，我相信她已經睡著。可是她眼睛仍然張得大大的，帶著無限的貪戀，彷彿只要她一闔上眼，就再也看不到這一切了。

「碰！」我是那個無情的醫師，再度按下了電擊器的按鍵。

9

「叫阿賜來跟我說……」老先生的聲音似乎愈來愈微弱了。

「到底妳們弟弟來不來？」我問他的幾個女兒。

「說是坐飛機要來的，怎麼坐到現在。大姊已經去打電話了。」

話才說完，大女兒氣急敗壞從公共電話那邊走過來。她的高跟鞋踩在地板上，發出咔達咔達的聲音。

「不來了。不來了。」大女兒愈說愈氣，「人都快死了。到底是他的爸爸，還是我們的爸爸？」

「為什麼不來？」

「還不是那些老套，什麼臨時有個客戶。要講客戶誰沒有？」

「現在怎麼辦？」

「不給他開刀也不行。」

「喂，搞不好阿賜連醫療費都不出，賴到我們頭上，說是我們的主張……」

「管不了這麼多了，志願書先簽再說，」大姊一邊簽寫手術同意書，一邊嘆了一口氣，「唉，老爸疼他一輩子算是枉費了。」

她們把手術同意書交給我。

「阿爸，現在醫師帶你進去做一項檢查。」

「我不要開刀！」

「不是開刀，只是檢查。」

「我不要檢查。」

「阿爸，要檢查才會好。」

「阿賜來了沒有？」

「阿賜打電話說他不能來，叫你先檢查，等你檢查完他會來看你。」

「叫阿賜來跟我講。」

「阿爸，要跟你講幾次，」大女兒的聲音愈來愈大，「他不會來了！」

「阿賜一定會來，我不要開刀，我有話跟他講……」

我們把他推入手術室，直到麻醉前他還喃喃唸著這句話。

10

在直升機下搬運病人實在是很麻煩的事，尤其是董事長全身都是瓶瓶罐罐的點滴、插管、注射推進幫浦、氧氣筒、心電圖。有個隨行醫師不停地擠著呼吸氣囊維持呼吸，另有一個護士小姐準備好了所有的急救用藥隨侍在側。

頂樓的風很大，我們必須低著頭才能接近直升機。

直升機的載運位置很窄。我們幾乎是把這個垂危的老人歪歪斜斜地擠進機艙內。加上所有的附件。一不小心，扯下了點滴輸液線，有些還滴著血以及發出怪味道的體液。

「爸爸！」是女兒不忍心，先哭了起來。

幾乎所有的人都看得出來這個病危的老人是忍受多大的痛苦，為他的兒女們去打最後的一場仗。

直升機就要起飛，兒子們拉開了女兒。風吹得我的白衣服在空氣中翻飛，隆隆的引擎聲遮蓋了所有的聲響。

慢慢直升機飛高了起來。我抬起頭看，還看得見董事長忍著痛苦，皺著眉頭的表情。

我想，我不曉得他還會不會回來？可是那已經不重要了。

那是一個清晨。上班時間，從高樓望下去熙熙攘攘都是上班的車潮、人潮。直升機飛得很高，漸漸，消失在我的視線之外了。

現在內出血開完刀的老人正躺在恢復室，而心臟衰竭的產婦已經不治死亡了。如果這些不算，這實在是一個很好的清晨。

忙完了這些，正是我的下班時間。我有點累了。

沿著階梯走下樓去。走過嬰兒室，我一眼就認出昨天晚上接生那個小孩。我忍不住要進去看看他。

看著看著，我自己都愣住了。

他是那麼的純淨、可愛、美麗，叫人感動。

在人子生命中的第一個早晨，一個美好的早晨，我看到他對我笑了起來。

遠方的燈

冷冷清清的病房，今天似乎有了些熱絡的味道。護士在病房門上貼著畫了小浣熊的海報，海報上面大大寫著——生日快樂，還附有英文字，生日快樂歌的旋律透過廣播在空間裡盪啊盪。病房內，貼得到處是五彩錫箔紙，映著午後陽光，閃閃發亮。

「等會兒別忙著走開，陳先生請大家吃蛋糕。」護士小姐笑咪咪地告訴我。

淡雅的瑪格麗特花插在花瓶裡，靜靜站在桌几上。每次走進來總見到那花開得鮮豔，已成了這個病房的特色。細細的水滴噴灑在上面，晶瑩剔透，看得出換了新的花朵，才整理過。

我比往常還早踏進病房。我的任務是盡快做完例行的訪視、身體檢查、更換鼻胃管、氣切管、點滴留置針，以及敷藥的工作，這樣在慶生開始之前，看護和護士還來得及替陳太太梳洗、裝扮一番。

呼吸咻咻的聲響透過氣切管、氧氣輸送系統聽得十分明確。病人躺在床上，胸部隨著呼吸起伏。十二年來，她一直躺在這張床上，沒有醒來過。長期臥床，使她看起來相當羸弱，皮膚失去正常的光澤和彈性。看護每四個小時要翻動她一次，她的手腳明顯地收縮、僵硬，關節功能也發生了限制。偶爾，換氣切管、鼻胃管時她會皺皺眉頭，令人誤以為她醒過來了，然而那不過是反射動作。

每天快下班時我總看見陳先生帶著鮮花過來。據說桌几上那瓶瑪格麗特花十二年來不曾謝過。那男人很沉默，難得聽見他的聲音，有事和護士小姐商量時也是低著聲音。他接過灌食針筒和液態飲食，很溫柔地替陳太太灌食，那優雅的神態，像是咖啡廳中一對舒適的男女。有時候，他就坐在病床旁邊那座椅子上，牽著她的手，喃喃地對她說一些生活瑣事……

今天我的例行工作並沒有以往那麼順利。病人的呼吸、心跳比平時快，感覺上也比從前躁動，因此我必須懷疑是否受到感染？

「早上量過是三十八度，溫度一直起起落落，我們幫她做了血液計數、血液培養、尿液培養，想等你過來看看檢查報告，再決定怎麼處理。」跟著查房的護士小姐告訴我。

我仔細地檢查鼻胃管、氣切管、點滴留置針，試圖找出感染的來源，但是這些留置管看起來很好，沒什麼感染的徵候。

「胸部 X 光照過了嗎？」

「照好了，X光片放在護理站片櫃上，你要不要過去看看？」

「也好。」

長期的臥床病患抵抗力多半很弱。因此，一旦有伺機性感染發生，很快就會散播開來，演變成菌血症。這種感染起初只是肺炎、尿道炎、血管發炎，或者是任何輕微的發炎，因此我必須立刻找出感染源，愈快解決這個問題愈好。

我在走回護理站的走廊上遇見陳先生和他的兩個孩子。孩子們都穿著漂亮的衣服。

「來，叫醫生叔叔。」他招呼兩個孩子喊我。

「叔叔。」兩個孩子規規矩矩地行禮點頭。大的女孩已經上高中了，留著清湯掛麵頭，一副鬱鬱寡歡的樣子。男孩子是個國中生，有對大眼睛，看起來頑皮而好動。

「嗯，你們都帶什麼生日禮物要送給媽媽？」我彎腰去逗那個男孩子。上次他來才到我的腋下那麼高，現在已經超過我的肩膀了。

「我這次段考全班第一名，要送給媽媽。」他看看我，又看看爸爸，顯然對自己十分滿意。

「孩子長得真快。」我表示。

「等一下請醫師一定過來吃蛋糕。」他微笑地說。

他帶著孩子走向病房，聽著那緩慢而穩重的腳步聲，我忽然有許多感觸。有一次，我們站在落地窗前俯看台北市，他指著燈火明滅處一格一格的房屋向我數落，哪一棟是他的設計。四十多歲的建築師，應該是生命最顛峰的時刻，可是他全然沒有那樣的神采飛揚，似乎只是甘心而默默地承受加諸於他身上的一切，一步一步慢慢地走著……

十二年前的一個午後，他騎摩托車載著美麗的太太到花店買花。那時候他還是個年輕人，建築事務所才開張，他們想找些瑪格麗特花來擺設。不幸的事故發生在回程的時候，一輛急轉彎的計程車，把那束瑪格麗特花撞得散落滿地。

十二年，計程車司機都已刑滿出獄，陳太太仍然昏睡不醒。

「我那時候要是稍微停一下就好了。」他曾這樣對我表示過。然而就僅僅是這樣。有時候我很想知道是什麼樣的堅強心態支持他走過來這十二年？難道他都沒有自責、掙扎與糾結？然而他只是一貫謙卑、平和的微笑，像他的腳步聲一樣，不慌不忙，一步一步地走著……

我走回護理站，搬出厚厚的好幾冊病歷。翻到最近幾次檢查報告，偏高的白血球，多核球數值，都顯示細菌感染的可能。然而尿液檢查、痰液檢查、X光片檢查找不出感染的徵候，那麼問題會發生在哪裡呢？

我從氣切管、留置針、導尿管、身體各重要系統重新再考慮一次……

考慮到最後，我想起她背後長期臥床壓出來的褥瘡，通常這些表面感染很少引發全身性的發燒，除非組織已經潰爛得相當嚴重，不管如何，我得去看看情況。

推著器械車走進病房時，孩子們早幫著護士把陳太太梳理打扮起來。她換掉了病房條格式的粉紅色制服，穿上一件乾淨的純白蓮花蓬絲絨，頭髮紮個高髻，半坐臥在床頭的大枕頭上。

「快點，醫師叔叔，我們要開始了。」男孩子蹦蹦跳跳地告訴我。

「好，馬上就開始了。」護士小姐幫我哄他，「你們幾個先出去一下，醫師叔叔幫媽媽換藥，換好了，我們馬上開始，好不好？」

孩子走出病房以後，她幫我把陳太太的衣服拉開，翻開身，拿掉紗布，一陣惡臭撲面而來。

我試著用器械清除掉化膿的部分。當紅紅黃黃的膿液從組織深部冒出來時，我立刻明白發燒感染到底怎麼回事。那個褥瘡有小臉盆那麼大，我的器械愈挖愈深，當碰觸到硬硬的東西時，我不禁起了一陣寒顫——已經蔓延到脊椎骨的部分了……

不久，大家快快樂樂地在蛋糕上插上蠟燭，點起一盞一盞溫馨的燭光。護士和看護又重新把她打扮起來，護理長，還有幾位從前照顧過陳太太的醫師都來了。

「謝謝這些年大家無微不至的照顧。」陳先生代表致詞，「今天我們快快樂樂地聚在一起為她慶生，同時也祝福她的身體早日康復……」

然後是鼓掌，護理長也代表醫院工作同仁致詞。

我望著桌上盛開的瑪格麗特花，一直在想著那個褥瘡。我不知道整形外科是否願意替她做徹底的傷口擴創，然後大費周章地做肌皮的移植與重建。我很懷疑病人能夠承受這樣的手術。可是似乎沒有更好的辦法了。先是褥瘡、發燒、可怕的骨髓發炎、全身性菌血、休克……這一切可預見的結局都讓人心寒。

病房外的走廊十分安靜，只有呼吸器的聲音此起彼落。我想這是一個殘酷的世界，可是我們的病人都沉默不語，我向護理站走過去，聽到自己的皮鞋踩在走廊上的聲音……

接通整形外科總醫師的電話時，他似乎對我的想法感到有些瘋狂。

「我們從來沒有為褥瘡動過這麼大的手術！為什麼一個褥瘡照顧不好呢？」

「我知道，可是褥瘡十二年了，25病房第三床，陳太太……」

「等一下，」他忽然打斷我，「你是說25病房，那麼是植物人？」

我靜默不語，我想我知道了他的答案。

「幫幫忙，老兄，我們光是活人的手術都沒時間開了，何況是植物人。

你想，做了又能如何？」

掛上電話，我開始有點感傷了。

病房裡的慶生會仍持續著，不時爆出一些笑聲與掌聲。然後我聽見大家唱起了那首熟悉的歌曲。

祝妳生日快樂

祝妳生日快樂

祝妳生日快樂

祝妳永遠快樂……

我走近病房，看見一張一張熱熾的臉。燭光的黃暈正好落在大家的臉上，很愉悅地跳動著。我發現自己也莫名其妙地拾起調子，跟著大家一起唱歌……

黃昏走過病房的時候，慶生的人群散去，小孩也送回家了，留下那男人，背對著我，望著落地窗外整個台北市，我想我必須和他談一談陳太太的病況。

當我漸漸走近時，才發現他的臉上掛著淚。見我走過去，他似乎有些赧然，但也不急著把眼淚拭去。

「你可以幫我把她搬下來嗎？我想她會喜歡坐在這裡，看那些房屋。萬一她真的睜開眼睛醒過來，她會忽然發現許多從前我們的夢想和設計，現在都已經實現了……」

我們很仔細地移動那些管線以及瓶瓶罐罐，終於把陳太太移動下來，舒適地坐在椅子上。我沿著她的視線望過去是桌几上的瑪格麗特花、落地窗、空曠的市囂、一座一座挺拔的建築……

「我在她身上找到這個，」他嘆口氣，展示一條細長的銀白色頭髮，然後自顧自笑了笑，「沒想到她竟然也會老……」

靜靜站在那裡，我很明白那是個莊嚴而美好的時刻，我想，也許我不該再多說些什麼。

我看見夜色透過淡淡的藍，遠方的燈火，一盞接著一盞，明亮了起來。

國家圖書館出版品預行編目資料

大醫院小醫師 / 侯文詠著. --三版.--臺北市：皇冠文化. 2023.10
面；公分（皇冠叢書；第5121種）（侯文詠作品集；3）

ISBN 978-957-33-4077-5(平裝)

863.55　　112015012

皇冠叢書第5121種
侯文詠作品 3

大醫院小醫師

【三十週年紀念版】

作　　者—侯文詠
發 行 人—平　雲
出版發行—皇冠文化出版有限公司
台北市敦化北路120巷50號
電話◎02-27168888
郵撥帳號◎15261516號
皇冠出版社(香港)有限公司
香港銅鑼灣道180號百樂商業中心
19字樓1903室
電話◎2529-1778　傳真◎2527-0904
總 編 輯—許婷婷
責任編輯—黃雅群
行銷企劃—薛晴方
內頁設計—李偉涵
內頁插畫—Bianco Tsai
著作完成日期—1992年06月
三版一刷日期—2023年10月

法律顧問—王惠光律師

讀者服務傳真專線◎02-27150507
電腦編號◎010202
ISBN◎978-957-33-4077-5
Printed in Taiwan
本書定價◎新台幣320元/港幣107元